FIFA WORLD CUP Brasil
OFFICIAL LICENSED PRODUCT

FIFA Fussball-Weltmeisterschaft Brasilien 2014™

Das offizielle Fanbuch

Keir Radnedge

PAULINHO
18
OSCAR
11
DANI ALVES
2

Brasilien und Spanien spielten 2013 im Maracanã-Stadion. Wer wird bei der FIFA Fußball-Weltmeisterschaft 2014 im Finale stehen?

Inhalt

Einführung

Gespannt blickt die Welt nach Brasilien. Nach manchen Höhen und Tiefen in der Turniergeschichte ist die FIFA Fußball-Weltmeisterschaft 2014 ein Aufbruch in eine spannende Zukunft dieses Wettbewerbs. Brasilien ist eine der fortschrittlichsten Nationen des 21. Jahrhunderts, hat aber auch eine großartige Fußballtradition. Keinem anderen Land gelang es bisher, fünf Mal den FIFA Fußball-WM-Titel zu holen und eine Reihe solch herausragender Talente hervorzubringen.

Doch natürlich gab es in dem fußballverrückten Land nicht immer nur Grund zum Jubeln – Freudentränen über grandiose Erfolge wechselten ab mit bitterer Enttäuschung bei Niederlagen. Den wohl schwärzesten Tag in der brasilianischen Fußballgeschichte gab es im Jahr 1950, als Brasilien bei der FIFA Fußball-Weltmeisterschaft im eigenen Land gegen das Nachbarland Uruguay im Finale verlor.

Der Schock über den Spielausgang sitzt bis heute tief – nicht nur für den brasilianischen Fußball, sondern für ganz Brasilien. Und wenn nun nach 64 Jahren Brasilien Gastgeber der FIFA Fußball-Weltmeisterschaft 2014 ist, schließt sich der Kreis und unter den 31 Gegnern aus aller Welt wird ebenfalls Uruguay sein.

Brasilien gehört zu den größten Ländern weltweit. „Brasilien ist nicht nur ein Land, sondern ein Kontinent", sagt FIFA Präsident Sepp Blatter. Ende des 19. Jahrhunderts war es wohl Charles Miller, der das Spiel nach Brasilien brachte, als er als Student von England nach São Paulo zurückkehrte. Fast gleichzeitig organisierte der Sohn anderer Einwanderer, Oscar Cox, die ersten Spiele, und die erste Meisterschaft fand in Rio de Janeiro statt.

1919 wurde die neu gegründete brasilianische Nationalelf mit ihrem ersten großen Fußballstar Arthur Friedenreich südamerikanischer Meister. Bei der allerersten FIFA Fußball-WM 1930 in Uruguay schied Brasilien zwar bereits in der Vorrunde aus, doch es hat als einzige Nation bisher an allen WM-Endrunden teilgenommen.

Von der Christusstatue genießt man einen tollen Blick auf Rio de Janeiro und das Maracanã-Stadion.

Die moderne Skulptur auf dem Platz der drei Gewalten in Brasília symbolisiert Einigkeit.

Die 20. FIFA Fußball-Weltmeisterschaft findet in 12 Stadien statt, die über das ganze Land verteilt sind – vom kühlen Porto Alegre im Süden bis zur tropisch-schwülen Dschungelstadt Manaus im Amazonasbecken. Die FIFA Fußball-Weltmeisterschaft 2014 stellt eine große Herausforderung für Brasiliens Verkehrsinfrastruktur dar. Doch ebenso spannend ist die Frage, ob es einer europäischen Mannschaft gelingt, erstmals auf dem amerikanischen Kontinent die heiß begehrte FIFA Fußball-WM-Trophäe zu holen.

Südamerika war bisher nur vier Mal Gastgeber: Uruguay 1930, Brasilien 1950, Chile 1962 und Argentinien 1978. Dabei gewann stets eine südamerikanische Mannschaft: Uruguay zwei Mal, Brasilien und Argentinien je ein Mal. Zwei Mal triumphierten bei diesen Turnieren sogar die Gastgeber. Auch Brasilien nutzte den Heimvorteil, als es im Finale des Confederations Cups 2013 den amtierenden Welt- und Europameister Spanien 3:0 entzauberte. Dies war die Generalprobe für die FIFA Fußball-Weltmeisterschaft 2014.

Bei der Qualifikation für die Endrunde trugen 203 Nationalmannschaften, anfangs waren sogar 208 gemeldet, 820 Spiele aus; dabei fielen im Schnitt 2,87 Tore je Spiel. Diese spannenden bis dramatischen Partien in der Qualifikationsrunde, verbunden mit den hohen Erwartungen an die Endrunde, führten während des Vorverkaufs zu einem Rekordansturm auf WM-Tickets.

Brasilien bietet eine unglaubliche Vielfalt an kulturellen, historischen und touristischen Höhepunkten. Fußballfans aus aller Welt wollen gemeinsam mit den Brasilianern dieses einzigartige Mega-Event des Weltfußballs feiern.

Ein Festwagen der FIFA Fußball-WM bei der weltberühmten Karnevalsparade von Rio zeigt den Spieler Ronaldo.

Am Ipanema-Strand von Rio de Janeiro sieht man, dass Fußball Volkssport Nummer eins ist.

Willkommen im Land des Fußballs!

FIFA WORLD CUP
Brasil

Ob in Brasilien Fußball und Karneval zu trennen sind, kann wohl niemand wirklich beurteilen. Jedenfalls hat kein anderes Land der Welt mit seiner Leichtigkeit, Lässigkeit und Kreativität diesen Ballsport mehr geprägt und keine andere Nation mehr Fußballgeschichte geschrieben als das fußballverrückte Brasilien.

Auch wenn bis heute nicht ganz geklärt ist, wer tatsächlich als Vater des Fußballs in Brasilien bezeichnet werden darf – Charles William Miller, der Sohn englischer Einwanderer, oder der schottische Färber Thomas Donohue, so ist eins doch unstrittig: Seit in den 1890er-Jahren der erste Ball in Brasilien gekickt wurde, nahm die Beliebtheit des Spiels im ganzen Land rasant zu, und Fußball war aus der brasilianischen Kultur bald nicht mehr wegzudenken.

Der große Erfolg auf der Weltbühne blieb aber zunächst aus. Zwar reiste die brasilianische Elf voller Optimismus zur allerersten FIFA Fußball-Weltmeisterschaft 1930 ins Nachbarland Uruguay, aber eine 1:2-Niederlage im Eröffnungsspiel gegen Jugoslawien ließ alle WM-Träume platzen. In Italien lief es 1934 auch nicht besser – Brasilien schied in der ersten Runde des K.o.-Turniers durch ein 1:3 gegen Spanien aus.

Doch allmählich fingen die Samba-Jungs an zu tanzen. 1938 drangen sie bis ins Halbfinale vor, wurden 1950 als Gastgeber Zweite und erreichten 1954 das Viertelfinale. Und dann kam 1958: Angeführt von dem blutjungen Pelé, holte sich Brasilien die begehrte Trophäe und spielte dabei einen Fußball, den die ganze Welt bewunderte.

Damit war der Grundstein für die größte Erfolgsserie in der weltweiten Geschichte des Fußballs gelegt: Brasilien verteidigte 1962 und 1970 erfolgreich den FIFA Fußball-WM-Titel. Den einzigen Ausrutscher leistete man sich 1966 in England. Die glorreiche Siegerelf von Mexiko 1970 jedoch begeisterte mit ihrem Spiel Fußballfans rund um den Globus und gilt als die beste Mannschaft aller Zeiten. Seit dieser Zeit ist das brasilianische Trikot der Inbegriff von spielerischer Leichtigkeit und Perfektion.

Cafu mit dem begehrten FIFA Fußball-WM-Pokal nach dem 2:0 im Finale 2002 gegen Deutschland!

Die Überlegenheit, mit der Brasiliens Nationalelf den FIFA Fußball-WM-Titel 1970 holte, erwies sich jedoch als Fluch für nachfolgende Teams. Der brasilianische Fußball strahlte zwar immer noch großes Flair aus, es fehlten allerdings zunächst die Stars, um an die einstigen Erfolge anzuknüpfen. Erst bei der FIFA Fußball-WM 1994 gelang Brasilien erneut der Titelgewinn, aber die Spiele hatten eindeutig nicht mehr den Glanz früherer Zeiten. Als die Brasilianer 2002 erneut die Trophäe holten, zeigten sie wieder mehr von ihrer Fußballkunst. Das war Brasiliens bisher letzter WM-Triumph, doch die Erinnerung an die goldenen Jahre hält eine ganze Nation im Fußballfieber. Fußball hat zwar mehr als eine Heimat, aber nur Brasilien kann von sich behaupten, die Heimat seiner Seele zu sein.

Viele Fachleute halten die brasilianische Nationalelf, die den FIFA Fußball-WM-Titel 1970 holte, für das beste Team aller Zeiten.

Gestatten: das Maskottchen!

Im September 2012 wurde das Geheimnis gelüftet: Das offizielle Maskottchen der FIFA Fußball-Weltmeisterschaft Brasilien 2014 ist ein Dreibinden-Gürteltier – eine in Brasilien vom Aussterben bedrohte Tierart. Es heißt Fuleco, was sich aus den portugiesischen Wörtern *Futebol* (Fußball) und *Ecologia* (Ökologie) zusammensetzt, und trägt die Farben der brasilianischen Nationalflagge. Fuleco bekam zwischen September und November 2012 mehr als 1,7 Millionen Stimmen (48 Prozent). Er ist seitdem in ganz Brasilien unterwegs und wurde von 89 Prozent der Bevölkerung gesehen. FIFA Marketing Director Thierry Weil erklärt: „Fuleco ist nicht nur den meisten Brasilianern bekannt, er hat auch eine gute Beziehung zu den Fußballfans aufgebaut und ist sehr beliebt.“

Fuleco, das Maskottchen der FIFA Fußball-WM 2014, begrüßt die brasilianische Fußballlegende Ronaldo.

Die Austragungsorte

Am 31. Mai 2009 gab der Weltfußballverband FIFA die 12 Austragungsorte für die FIFA Fußball-Weltmeisterschaft 2014 in Brasilien bekannt. In sechs der Städte finden die Spiele in ganz neuen Stadien statt, fünf ältere Stadien wurden komplett erneuert, und das Stadion in Brasilia wurde abgerissen und neu aufgebaut.

1 ARENA AMAZONIA – Manaus

Manaus, mitten im Regenwald gelegen, ist zwar keine traditionelle Fußballhochburg, aber die großartige Arena Amazônia wird die Fans sicher begeistern. Das Stadion wurde komplett umgestaltet und hat 42 374 Plätze. Die Konstruktion soll an einen für diese Region typischen Strohkorb erinnern. Vier Gruppenspiele finden hier während der FIFA Fußball-WM 2014 statt.

2 ESTADIO NACIONAL – Brasília

Das frühere Estádio Mané Garrincha der Hauptstadt wurde fast völlig abgerissen, um der modernen Skyline Brasílias eine weitere Attraktion hinzuzufügen: Das architektonisch eindrucksvolle, umweltfreundlich erbaute Estádio Nacional mit seinem Metalldach fasst 68 009 Fans. Es wurde 2012 fertiggestellt und ist das zweitgrößte der zwölf Stadien. Hier werden sieben WM-Spiele einschließlich einer Viertelfinalpartie ausgetragen.

3 ARENA DA BAIXADA – Curitiba

Die Arena da Baixada wurde bereits Ende der 1990er-Jahre komplett neu gebaut und gilt seit ihrer Einweihung als eines der modernsten Stadien Lateinamerikas. Deshalb überraschte es auch nicht, dass das Stadion mit seinen 41 456 Plätzen als Austragungsort für die FIFA Fußball-WM 2014 ausgewählt wurde. Vier Gruppenspiele finden hier statt.

4 ESTADIO BEIRA-RIO – Porto Alegre

Das größte Fußballstadion im südlichen Teil Brasiliens ist die Heimat der Giants Internacional. Das Estádio Beira-Rio – liebevoll auch „Gigant von Beira-Rio" genannt – liegt eindrucksvoll am Ufer des Rio Guaíba. Für die FIFA Fußball-WM 2014 wurde das Stadion modernisiert. Es fasst 48 849 Zuschauer und ist Austragungsort von fünf Spielen, davon ein Achtelfinale.

5 ARENA PANTANAL – Cuiabá

Die Arena Pantanal wurde speziell für die FIFA Fußball-WM 2014 erbaut, fasst 42 968 Zuschauer und ist Austragungsort von vier Gruppenspielen. Da das Stadion am Rande eines großen Naturschutzgebiets liegt, wurde beim Bau auf Nachhaltigkeit großen Wert gelegt. So stammt das verwendete Holz aus zertifizierten Quellen. Zwei ortsansässige Vereine, Mixto und Operario, werden nach dem Turnier in diesem Stadion ein neues Zuhause finden.

6 ESTADIO DAS DUNAS – Natal

Das brandneue, erst 2013 fertiggestellte, supermoderne Estádio das Dunas ähnelt mit seiner Wellenform den Sanddünen, für die die Region Natal berühmt ist. Das Stadion fasst 42 086 Zuschauer und wurde dort gebaut, wo früher das Estádio João Cláudio de Vasconcelos Machado, bekannt als Machadão, stand. Vier Gruppenspiele finden während der FIFA Fußball-WM 2014 hier statt.

7 ESTADIO MINEIRAO – Belo Horizonte

Das Estádio Mineirão fasst 62 547 Zuschauer und ist die Heimat der Vereine Atlético Mineirão und Cruzeiro. Sicher ist es einer der geschichtsträchtigsten Fußballtempel Brasiliens. Für die FIFA Fußball-WM 2014 wurde das 1965 erstmals eingeweihte und unter dem Namen Mineirão bekannte Stadion von Grund auf modernisiert; dabei baute man Becken ein, die bis zu 6,27 Millionen Liter Regenwasser auffangen und speichern können.

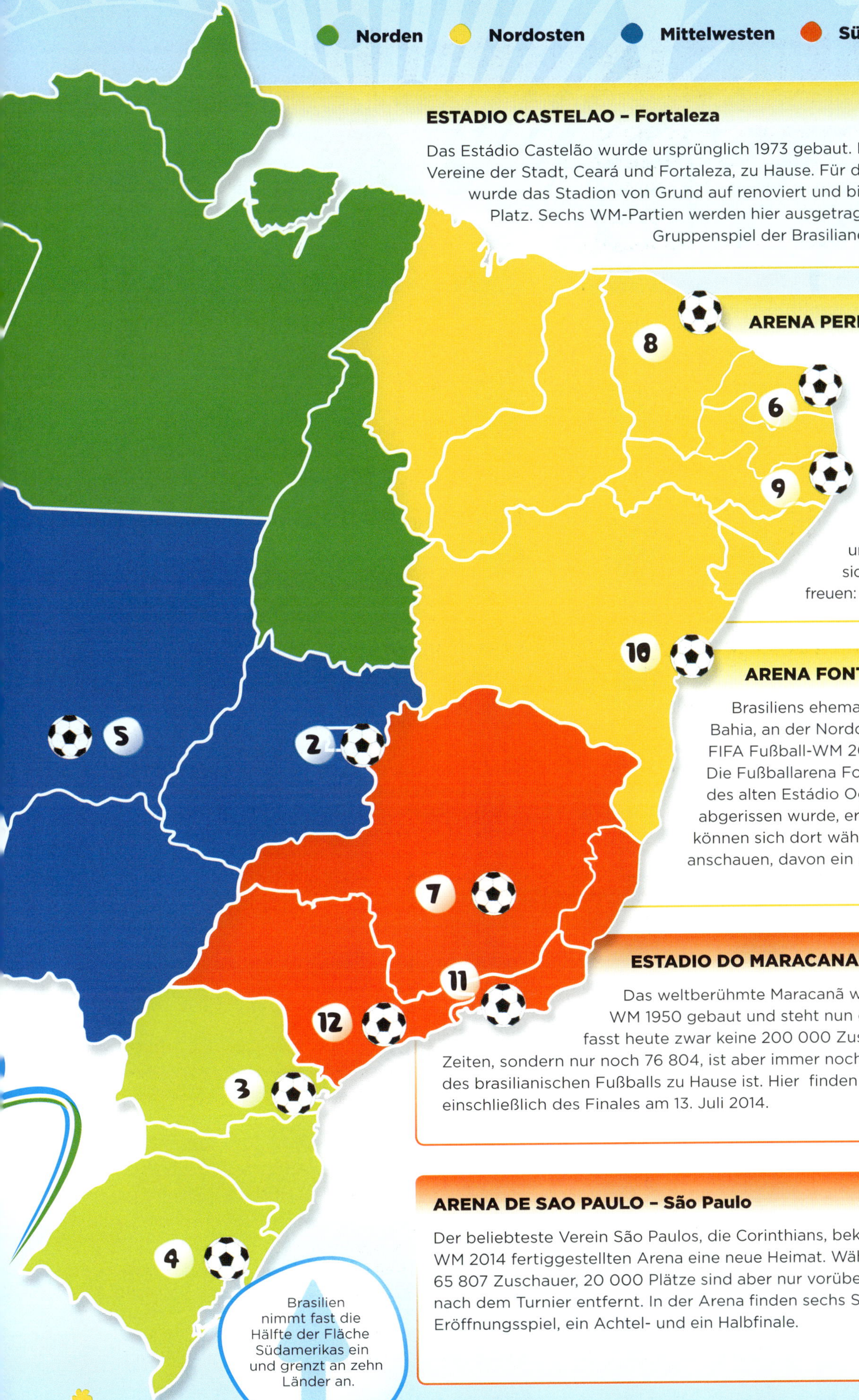

ESTADIO CASTELAO – Fortaleza

8

Das Estádio Castelão wurde ursprünglich 1973 gebaut. Hier sind die beiden größten Vereine der Stadt, Ceará und Fortaleza, zu Hause. Für die FIFA Fußball-WM 2014 wurde das Stadion von Grund auf renoviert und bietet jetzt 64 846 Zuschauern Platz. Sechs WM-Partien werden hier ausgetragen, darunter das zweite Gruppenspiel der Brasilianer und ein Viertelfinalspiel.

ARENA PERNAMBUCO – Recife

9

Die Stadt Recife liegt im Nordosten Brasiliens, im viertgrößten Ballungsgebiet des Landes, und war schon Austragungsort einer Weltmeisterschaft: 1950 besiegte Chile hier die USA mit 5:2. Während des Turniers 2014 finden hier fünf Spiele statt, und die 44 248 Zuschauer dürfen sich auf ein total neues Stadion freuen: die Arena Pernambuco.

ARENA FONTE NOVA – Salvador

10

Brasiliens ehemalige Hauptstadt Salvador da Bahia, an der Nordostküste gelegen, bekam für die FIFA Fußball-WM 2014 ein brandneues Stadion. Die Fußballarena Fonte Nova wurde an der Stelle des alten Estádio Octávio Mangabeira, das 2010 abgerissen wurde, erbaut. Jeweils 48 747 Zuschauer können sich dort während des Turniers sechs Spiele anschauen, davon ein Achtel- und ein Viertelfinalspiel.

ESTADIO DO MARACANA – Rio de Janeiro

11

Das weltberühmte Maracanã wurde für die FIFA Fußball-WM 1950 gebaut und steht nun erneut im Blickpunkt. Es fasst heute zwar keine 200 000 Zuschauer mehr wie in früheren Zeiten, sondern nur noch 76 804, ist aber immer noch der Ort, an dem die Seele des brasilianischen Fußballs zu Hause ist. Hier finden sieben WM-Spiele statt – einschließlich des Finales am 13. Juli 2014.

ARENA DE SAO PAULO – São Paulo

12

Der beliebteste Verein São Paulos, die Corinthians, bekommt mit der zur FIFA Fußball-WM 2014 fertiggestellten Arena eine neue Heimat. Während der WM fasst das Stadion 65 807 Zuschauer, 20 000 Plätze sind aber nur vorübergehend installiert und werden nach dem Turnier entfernt. In der Arena finden sechs Spiele statt, darunter das Eröffnungsspiel, ein Achtel- und ein Halbfinale.

Brasilien nimmt fast die Hälfte der Fläche Südamerikas ein und grenzt an zehn Länder an.

Endrundenauslosung der FIFA Fussball-Weltmeisterschaft Brasilien 2014™

Die Gruppenauslosung der FIFA Fußball-Weltmeisterschaft Brasilien 2014 wurde mit einer Würdigung für Nelson Mandela und einem Aufruf zur Einigkeit von FIFA Präsident Sepp Blatter eröffnet – und am Ende des Abends war klar, dass das bevorstehende Turnier äußerst spannende Duelle bringen wird.

Das Eröffnungsspiel bestreiten die Gastgeber und Favoriten gegen Kroatien. Ausgerechnet Geoff Hurst bescherte England einen schwierigen Auftakt gegen Italien im tropischen Manaus, und Joachim Löw trifft mit seiner Elf auf denjenigen, dem er seine DFB-Trainerkarriere verdankt: Jürgen Klinsmann, der nun die USA trainiert. Und für Titelverteidiger Spanien gibt es gleich im ersten Spiel gegen die Niederlande eine Neuauflage des Finales von 2010. Mit Spannung verfolgten Fernsehzuschauer weltweit sowie zahlreiche Ehrengäste, Offizielle und die Medien die Ziehung im Badeort Costa do Sauípe, 75 Kilometer nördlich von Salvador.

Zu Beginn der Zeremonie würdigte man mit einer Schweigeminute und einem Film den verstorbenen ehemaligen südafrikanischen Präsidenten Nelson Mandela, der dazu beigetragen hatte, dass vor vier Jahren die erste FIFA Fußball-Weltmeisterschaft in Südafrika stattfand. Dann begann die Show unter Leitung von

Brasiliens Staatspräsidentin Dilma Rousseff und FIFA Präsident Sepp Blatter.

Im weiteren Verlauf der FIFA Fußball-WM-Gala appellierte Blatter an die Bevölkerung Brasiliens, dass sich Demonstrationen wie beim Confederations Cup nicht wiederholen dürften. Er sagte: „Es ist höchste Zeit, dass die Weltmeisterschaft wieder nach Brasilien kommt. Inzwischen sind 60 Jahre vergangen, seit Brasilien erstmals eine Weltmeisterschaft ausrichtete ... Also vereint euch alle durch dieses Turnier. Denn diese Spiele sind für euch, aber auch für die Fans der anderen 208 Mitgliedsverbände weltweit. Es wird eine großartige Fußball-Weltmeisterschaft, vielleicht die größte aller Zeiten."

Das war das Stichwort für Spaniens Nationaltrainer Vicente Del Bosque, den Pokal des amtierenden FIFA-Fußball-Weltmeisters auf die Bühne zu bringen, dann kamen zahlreiche brasilianische Gäste, darunter Fußballikonen wie Ronaldo, Marta, Bebeto und natürlich Pelé.

Nach 48 Minuten waren schließlich die Glasbehälter mit den Losen auf der Bühne aufgebaut, und die Lospaten Mario Kempes, Fabio Cannavaro, Lothar Matthäus, Zinédine Zidane, Hierro, Cafu, Alcides Ghiggia und Geoff Hurst erschienen.

Der ordnungsgemäße Ablauf der Ziehung fand unter den Augen des Franzosen und FIFA Generalsekretärs Jérôme Valcke statt, den Abend moderierten das Schauspielerehepaar Fernanda Lima und Rodrigo Hilbert.

Bereits im Vorfeld war Brasilien als Gastgeber in Gruppe A gesetzt. Spanien wurde dann in Gruppe B, Kolumbien in Gruppe C, Uruguay in Gruppe D, die Schweiz in Gruppe E, Argentinien in Gruppe F, Deutschland in Gruppe G und Belgien in Gruppe H gesetzt.

Da für die Einteilung der Gruppenköpfe die FIFA/Coca-Cola-Weltrangliste vom Oktober und nicht die vom November maßgebend war, war Italien aus Lostopf 1 gefallen und wurde dann der Gruppe D zugelost.

Gruppe G mit Deutschland, Portugal, Ghana und den USA gilt als „Hammergruppe", genauso wie Gruppe D mit Uruguay, Costa Rica, England und Italien. Für Letztere bedeutet das, dass zumindest ein FIFA Fußball-Exweltmeister die K.o.-Runde nicht überstehen wird.

Natürlich lässt es sich bei so hochkarätigen Begegnungen, wie sie aktuell auf dem Spielplan stehen, nicht vermeiden, dass einige Spitzenteams bereits in der Vorrunde ausscheiden.

Brasiliens Präsidentin Dilma Rousseff und FIFA Präsident Sepp Blatter eröffneten die Veranstaltung.

Brasiliens Fußballikone Pelé war ebenfalls Gast bei der Gala in Costa do Sauípe!

Die Gruppenziehung fand unter Aufsicht von Jérôme Valcke statt.

Gruppe A
Brasilien
Kroatien
Mexiko
Kamerun

Gruppe B
Spanien
Niederlande
Chile
Australien

Gruppe C
Kolumbien
Griechenland
Elfenbeinküste
Japan

Gruppe D
Uruguay
Costa Rica
England
Italien

Gruppe E
Schweiz
Ecuador
Frankreich
Honduras

Gruppe F
Argentinien
Bosnien-Herzegowina
Iran
Nigeria

Gruppe G
Deutschland
Portugal
Ghana
USA

Gruppe H
Belgien
Algerien
Russland
Republik Korea

Brasilien

Titel Nummer sechs in Sicht

Gruppe A

Brasilien ist weltweit die beliebteste „etwas andere" Fußballnation. Das Land verfügt über eine schier endlose Quelle an talentierten, kreativen Spitzenspielern. Brasiliens Fußballgeschichte begann in den 1930er-Jahren mit dem legendären Leônidas da Silva, dann kamen Ademir und Zizinho in den 1940er-Jahren, die einzigartigen Pelé und Garrincha zwischen 1958 und 1970 und schließlich Spieler wie Romário und Ronaldo. Luiz Felipe Scolari kehrte im November 2012 als Trainer zurück. Er soll versuchen, den Zauber von 2002 wieder aufleben zu lassen und den FIFA Fußball-WM-Titel erneut zu holen. Wichtigster Mann im Angriff ist Barcelonas Stürmer Neymar.

FACTS

Gegründet: 1914

Bekannte Stadien: Maracanã, Rio de Janeiro/ Estádio Nacional, Brasília

Spitznamen: Canarinha, Seleção

Endrundenqualifikation: als Gastgeber automatisch qualifiziert

FIFA Weltrangliste: 10

FIFA WM-Endrunden-teilnahmen: 19

WM-Titel: 1958, 1962, 1970, 1994, 2002

Spitzenspieler: Neymar, Thiago Silva, Paulinho

Trainer: Luiz Felipe Scolari

Der herausragende Verteidiger Thiago Silva ist 2014 Brasiliens Mannschafts-kapitän.

Der brasilianische Angriff mit Spitzen-spielern wie Fred und Oscar gehört bei der FIFA Fußball-WM 2014 mit zu den stärksten.

Hot Spot

Brasilien gewann den FIFA Fußball-Welt-meistertitel bisher fünf Mal und ist damit Rekordhalter. Außerdem nahm es als einziges Land seit der ersten Fußball-WM 1930 an allen 19 Finalrunden teil.

Ein Spieler im brasilianischen Nationaldress ist Ehrfurcht erregend.

Kroatien

Junge Talente und Routiniers

Gruppe A

Kroatien ist mit 22 Jahren zwar eine der jüngsten Fußballnationen bei der FIFA Fußball-WM 2014 in Brasilien, dennoch ist der Mannschaft einiges zuzutrauen. Gleich bei ihrem WM-Debüt 1998 erkämpfte sie den dritten Platz und war auch 2002 und 2006 vertreten. Nachdem sie 2010 nicht dabei war, führt nun Kroatiens Kapitän und Rekordspieler Darijo Srna ein Team aus erfahrenen Spielern und jungen Talenten zur WM, bei dem Luka Modrić vom Mittelfeld aus die Fäden zieht. Kroatien wurde Gruppenzweiter und setzte sich bei den Play-offs gegen Island durch. Wenig Grund zum Jubel gab es allerdings für Mario Mandžukić, der wegen einer Roten Karte für das Eröffnungsspiel gegen Gastgeber Brasilien gesperrt ist.

FACTS

Gegründet: 1992, davor 1912–1919 und 1941–1944

Bekanntes Stadion: Maksimir, Zagreb

Spitzname: Vatreni – die Feurigen

Endrundenqualifikation: Gruppenzweiter der UEFA-Gruppe A, dann 0:0, 2:0 (2:0 gesamt) gegen Island

FIFA Weltrangliste: 16

FIFA WM-Endrunden-teilnahmen: 3

WM-Titel: keine

Spitzenspieler: Mario Mandžukić, Darijo Srna, Luka Modrić

Trainer: Niko Kovač

Luka Modrić gilt als einer der kreativsten Spielmacher im europäischen Fußball.

Mario Mandžukić war mit 4 Treffern Kroatiens bester Torschütze in der Qualifikation, wird aber im Eröffnungsspiel gegen Brasilien nicht dabei sein.

Hot Spot

Davor Šuker, mit 45 Toren Kroatiens Rekordtorjäger und mit 6 Treffern Torschützenkönig bei der FIFA Fußball-WM 1998, avancierte zum Präsidenten des kroatischen Fußballverbandes.

Bei seiner ersten FIFA Fußball-WM 1998 belegte Kroatien Platz 3, nun will die Elf ganz nach vorne.

Mexiko

Eine goldene Generation

Gruppe A

Mexiko ist zwar Dauergast bei der FIFA Fußball-WM, der ganz große Erfolg blieb aber bisher aus. Als das Land 1986 die FIFA Fußball-WM zum zweiten Mal ausrichtete, schaffte „El Tri" es bis ins Viertelfinale. Mexikos Vereine gehören zu den reichsten und mächtigsten Amerikas. Bei den Olympischen Spielen 2012 in London gewann die mexikanische U-23-Fußballnationalmannschaft gegen Brasilien und holte die Goldmedaille. Bei der aktuellen Qualifikation musste die Mannschaft allerdings lange zittern und sicherte sich die WM-Teilnahme erst, nachdem es sich in den internationalen Play-offs gegen Neuseeland durchsetzte. Mit Stürmerstars wie Javier „Chicharito" Hernández und Oribe Peralta dürfen die Mexikaner aber nicht unterschätzt werden.

FACTS

Gegründet: 1927

Bekanntes Stadion: Aztekenstadion, Mexiko-Stadt

Spitzname: El Tri

Endrundenqualifikation: Drittrundengewinner der CONCACAF-Gruppe B, Viertrundenvierter, dann 5:1, 4:2 (9:3 gesamt) gegen Neuseeland in den internationalen Play-offs

FIFA Weltrangliste: 21

FIFA WM-Endrundenteilnahmen: 14

Titel: keine

Spitzenspieler: Javier Hernández, Oribe Peralta, Giovani dos Santos

Trainer: Miguel Herrera

Javier „Chicharito" Hernández stellt sein Angriffstalent in der Premier League unter Beweis.

Oribe Peralta bewies in der Play-off-Runde gegen Neuseeland seine spielentscheidenden Qualitäten.

Hot Spot

In der Qualifikation verschliss Mexiko vier Trainer. José Manuel de la Torre, Luis Fernando Tena und Víctor Vucetich wurden gefeuert, nun führt Miguel Herrera die Arbeit seiner Vorgänger weiter.

Mexiko setzte sich in den internationalen Play-offs gegen Neuseeland deutlich mit 9:3 in der Gesamtwertung durch.

Kamerun

Gut gebrüllt, Löwe

Gruppe A

Seit der FIFA Fußball-Weltmeisterschaft 1990 ist Kamerun einer der beliebtesten afrikanischen WM-Teilnehmer. Damals besiegte Roger Millas Team den amtierenden Weltmeister Argentinien, konnte sich aber gegen England im Viertelfinale nicht durchsetzen und unterlag in der Verlängerung. Die Mannschaft des deutschen Trainers Volker Finke gab fünf Punkte in ihrer Qualifikationsgruppe ab und erzielte aus dem Spiel heraus nur fünf Tore in sechs Spielen. In der Play-off-Runde gegen Tunesien zeigten sie dann eine deutlich bessere Leistung. Die unbezähmbaren Löwen spielten auswärts 0:0 unentschieden und gewannen 4:1 in Yaoundé – dank zweier Tore von Jean Makoun, dem zentralen Mittelfeldspieler des französischen Clubs Rennes.

FACTS

Gegründet: 1959

Bekanntes Stadion: Ahmadou-Ahidjo-Stadion, Yaoundé

Spitzname: die unbezähmbaren Löwen

Endrundenqualifikation: Gewinner der CAF-Zweitrundengruppe I, dann 0:0, 4:1 (4:1 gesamt) gegen Tunesien

FIFA Weltrangliste: 50

FIFA WM-Endrundenteilnahmen: 6

Titel: keine

Spitzenspieler: Samuel Eto'o, Jean Makoun, Alexandre Song

Trainer: Volker Finke

Alexandre Song spielte bereits in der französischen Nachwuchsmannschaft, wechselte aber zu Kamerun.

Samuel Eto'o ist mit 55 Toren in über 100 Spielen Torschützenkönig der unbezähmbaren Löwen.

Hot Spot

Kamerun hatte in der Qualifikationsrunde einen kleinen Vorteil. Zwar verloren die unbezähmbaren Löwen 2:0 gegen Togo in Lomé, aber das Spiel wurde als 3:0-Sieg für sie bewertet, weil Togo mit Alaixys Romao einen unzulässigen Spieler eingesetzt hatte.

Kamerun ist mittlerweile Afrikas ständiger Vertreter bei FIFA Fußball-Weltmeisterschaften.

Spanien

Der amtierende Weltmeister

Gruppe B

Spanien ist in den vergangenen sechs Jahren die bestimmende Mannschaft im Weltfußball. Seit dem Triumph bei der Europameisterschaft 2008 gewann es drei große Titel in Folge – unter anderem holte es bei der FIFA Fußball-Weltmeisterschaft 2010 in Südafrika den längst überfälligen WM-Titel. Somit eroberte sich Spaniens Nationalelf auch einen Stammplatz an der Spitze der FIFA Weltrangliste. Beim Confederations Cup 2013 in Brasilien wurde der Welt- und Europameister allerdings entzaubert und kassierte die erste Niederlage im Finale gegen Brasilien. Vielleicht ist Spanien mit seinen mittlerweile in die Jahre gekommenen Spielern ja doch nicht mehr unbesiegbar.

FACTS

Gegründet: 1909

Bekanntes Stadion: Estadio Santiago Bernabéu, Madrid

Spitzname: La Roja

Endrundenqualifikation: Erster der UEFA-Gruppe I

FIFA Weltrangliste: 1

FIFA WM-Endrundenteilnahmen: 13

WM-Titel: 2010

Spitzenspieler: Sergio Ramos, Andrés Iniesta, Xavier Hernández

Trainer: Vicente del Bosque

Im Finale der FIFA Fußball-WM 2010 schoss Andrés Iniesta kurz vor Ende der regulären Spielzeit das Siegtor.

Der zweikampfstarke Innenverteidiger Sergio Ramos trägt entscheidend zu Spaniens Erfolg bei.

Hot Spot

Spanien blieb in 29 Pflichtspielen nacheinander ungeschlagen, das ist neuer Rekord. Die seit dem 2. Spiel bei der FIFA Fußball-WM 2010 andauernde Erfolgsserie wurde erst im Finale des FIFA Confederations Cup 2013 gestoppt.

Wird es dem zweimaligen Europameister und FIFA Weltmeister von 2010 gelingen, seinen Titel zu verteidigen?

Niederlande

Das Image aufpolieren

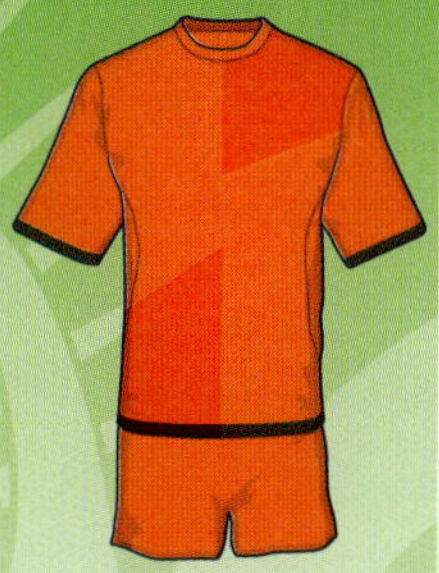

Gruppe B

Die Ära von Johan Cruyff, dem Star des „totalen Fußballs", ist längst vorüber, ebenso die Zeiten, in denen Spitzenspieler wie Ruud Gullit und Marco van Basten den Fußball in Europa dominierten. Die Niederlande wurden drei Mal Vizeweltmeister und schulden es ihren Fans nach der herben Enttäuschung in Südafrika 2010, wo es nur für den unliebsamen zweiten Platz hinter Spanien reichte, einmal Weltmeister zu werden. Sie qualifizierten sich in beeindruckender Weise. Von zehn Spielen gewannen sie neun und gaben nur beim 2:2-Unentschieden gegen Estland Punkte ab. Sie schossen 34 Tore, von denen Torschützenkönig Robin van Persie 11 Treffer erzielte, und blieben damit nur knapp hinter Deutschlands Trefferzahl zurück.

FACTS

Gegründet: 1889

Bekanntes Stadion: Amsterdam-ArenA

Spitzname: Oranje

Endrundenqualifikation: Gewinner der UEFA-Gruppe D

FIFA Weltrangliste: 9

FIFA WM-Endrundenteilnahmen: 9

WM-Titel: keine

Spitzenspieler: Robin van Persie, Arjen Robben, Rafael van der Vaart

Trainer: Louis van Gaal

Rafael van der Vaart ist seit 2001 ein Schlüsselspieler im Mittelfeld der Nationalelf.

Hot Spot

Starstürmer Robin van Persie steuerte zum 8:1-Kantersieg der Niederlande gegen Ungarn einen Hattrick bei und überholte so mit 41 Toren in 81 Spielen den bisherigen niederländischen Rekordhalter Patrick Kluivert.

Arjen Robben will seine verpassten Chancen vom FIFA WM-Finale 2010 wiedergutmachen.

Die Vizeweltmeister von 2010 wollen bei der FIFA Fußball-WM 2014 in Brasilien unbedingt den Titel holen.

Chile

Es geht endlich aufwärts

Gruppe B

Das Gastgeberland Chile überraschte sich und die Welt 1962, als es Dritter wurde. Danach fand es jedoch keinen Anschluss an die Weltelite mehr. Trotzdem kommen aus diesem Land Stars wie Carlos Caszely, Iván Zamorano und Barcelonas Stürmer Alexis Sánchez. Chile qualifizierte sich, obwohl man auf halbem Weg nach Brasilien den Trainer wechselte: Drei Niederlagen in Folge kosteten Claudio Borghi seinen Job, und er wurde durch Jorge Sampaoli ersetzt. Chile stellte mit 29 Toren den zweitbesten Angriff in seiner Gruppe. Besser waren nur die Argentinier mit 35 Treffern.

FACTS

Gegründet: 1895

Nationalstadion: Estadio Nacional, Santiago

Spitzname: La Roja – die Rote

Endrundenqualifikation: Dritter der CONMEBOL-Gruppe

FIFA Weltrangliste: 15

FIFA WM-Endrunden-teilnahmen: 7

WM-Titel: keine

Spitzenspieler: Alexis Sánchez, Arturo Vidal, Jean Beausejour

Trainer: Jorge Sampaoli

Hot Spot

Chile errang in einer dramatischen Aufholjagd in 6 Spielen 5 Siege und ein Unentschieden. Damit qualifizierte sich das Team erstmals in seiner Geschichte für 2 FIFA WM-Endrunden in Folge.

Chiles Spieltempo beim Kontern hängt entscheidend von Jean Beausejour ab.

Chile ist genau rechtzeitig in Topform, um bei der FIFA Fußball-WM 2014 in Brasilien als ernst zu nehmender Gegner zu gelten.

Beim Freundschaftsspiel gegen England im vergangenen November stellte Alexis Sánchez mit 2 Treffern seine Qualitäten unter Beweis.

Australien

Die Socceroos auf dem Vormarsch

Gruppe B

Australien entwickelt sich bei FIFA Fußball-Weltmeisterschaften immer mehr zu einer ernst zu nehmenden Mannschaft. Für die FIFA Fußball-WM 1966 nahm es zum ersten Mal an den Qualifikationsspielen teil, 1974 feierte es sein WM-Debüt in Deutschland. Danach dauerte es 32 Jahre, bevor das Land sich wieder qualifizierte – 2006 erreichte Australien das Achtelfinale, und 2010 kam es nur aufgrund der schlechteren Tordifferenz nicht weiter. Der deutsche Trainer Holger Osieck führte Australien nun nach Brasilien, wurde aber nach zwei schweren Schlappen bei Freundschaftsspielen gegen Brasilien und Frankreich von Ange Postecoglou abgelöst.

FACTS

Gegründet: 1961

Bekanntes Stadion: ANZ Stadium, früher Stadium Australia, Sydney

Spitzname: Socceroos

Endrundenqualifikation: Drittrundengewinner der AFC-Gruppe D, dann in der 4. Runde Gruppenzweiter der Gruppe B

FIFA Weltrangliste: 58

FIFA WM-Endrunden-teilnahmen: 3

WM-Titel: keine

Spitzenspieler: Tim Cahill, Lucas Neill, Brett Holman

Trainer: Ange Postecoglou

Tim Cahill war der erste Australier, der bei einer Fußball-WM ein Tor schoss.

Lucas Neill verfügt über 15 Jahre Spielerfahrung in England.

Hot Spot

Tim Cahill ist Australiens erfolgreichster Torschütze bei einer FIFA Fußball-Weltmeisterschaft. Von den 8 Treffern, die sein Team bei zehn WM-Spielen erzielte, schoss er drei, davon zwei 2006 und eins 2010.

Die Socceroos nehmen 2014 zum dritten Mal nacheinander an einer FIFA Fußball-WM teil.

Kolumbien
Wieder auf Kurs

Gruppe C

Kolumbien blickt auf eine wechselvolle Geschichte bei FIFA Fußball-Weltmeisterschaften zurück. Es qualifizierte sich erstmalig 1962. 1986 konnte es die FIFA Vorgaben für eine WM im eigenen Land nicht erfüllen, und 1994 kam es zur Tragödie: Verteidiger Andrés Escobar, der in der Endrunde gegen die USA ein Eigentor verschuldet hatte, wurde nach seiner Heimkehr erschossen. 1998 verlor das Team um den wuschelköpfigen Spielmacher Carlos Valderrama und den unberechenbaren Faustino Asprilla in der Vorrunde. Stürmerstar Radamel Falcao führt Kolumbien zum ersten Mal seit 16 Jahren wieder zu einer Fußball-WM.

FACTS

Gegründet: 1924

Bekanntes Stadion: Estadio Metropolitano Roberto Meléndez, Barranquilla

Spitzname: Los Cafeteros

Endrundenqualifikation: Zweiter der CONMEBOL-Gruppe

FIFA Weltrangliste: 4

FIFA WM-Endrundenteilnahmen: 4

WM-Titel: keine

Spitzenspieler: Mario Yepes, Radamel Falcao, James Rodríguez

Trainer: José Pekerman

Radamel Falcao schoss bereits in seinen ersten drei Spielzeiten in Europa über 100 Tore.

Hot Spot

Mit 17 Toren sicherte Radamel Falcao dem FC Porto den Europa-League-Sieg 2010/11 und ist damit Rekordhalter. Zu der Zeit war er mit 9 Toren auch Kolumbiens bester Torschütze auf dem Weg nach Brasilien.

Nachdem Kolumbien problemlos die Qualifikation in der Südamerikagruppe schaffte, wird es kein leichter Gegner sein.

„Super" Mario Yepes ist seit 2008 Kapitän und Abwehrchef von Kolumbien.

Griechenland

Grund zum Jubeln

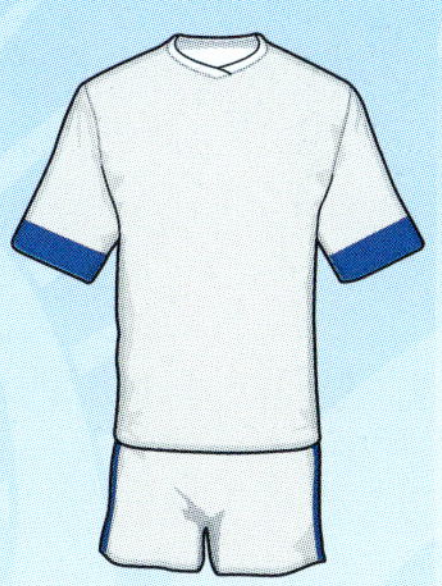

Gruppe C

Die griechische Nationalelf, die 2004 überraschend Europameister wurde, hat es bei seinen zwei bisherigen Teilnahmen an einer FIFA Fußball-Weltmeisterschaft nie geschafft, über die Vorrunde hinauszukommen. Das soll beim Turnier in Brasilien anders werden und würde, so Coach Fernando Santos, der wirtschaftlich zurzeit schwer angeschlagenen Nation neue Hoffnung geben. Kampf- und Teamgeist waren bei den erfolgreichen Play-offs gegen das starke Rumänien kaum zu übersehen. Torjäger Konstantinos Mitroglou, der lange Zeit in Deutschland spielte, war mit zwei Toren in Piräus und einem in Bukarest maßgeblich am Sieg beteiligt.

FACTS

Gegründet: 1926

Bekanntes Stadion: Olympiastadion, Athen

Spitzname: Piratenschiff

Endrundenqualifikation: Zweiter der UEFA-Gruppe G, dann 3:1, 1:1 (4:2 gesamt) gegen Rumänien

FIFA Weltrangliste: 12

FIFA WM-Endrundenteilnahmen: 2

WM-Titel: keine

Spitzenspieler: Giorgos Samaras, Dimitrios Salpingidis, Giorgos Karagounis

Trainer: Fernando Santos

Kapitän Giorgos Karagounis ist mit über 130 Länderspielen Griechenlands Rekordnationalspieler.

Stürmer Konstantinos Mitroglou trug entscheidend zum Sieg Griechenlands in den Play-offs bei.

Hot Spot

Torhüter Orestis Karnezis war als Einziger bei allen Spielen der Qualifikation (900 Minuten) und Play-offs (180 Minuten) die volle Spielzeit über im Einsatz.

Die griechische Mannschaft hat gelernt, was man braucht, um sich für eine FIFA Fußball-WM zu qualifizieren.

Elfenbeinküste

Jetzt oder nie!

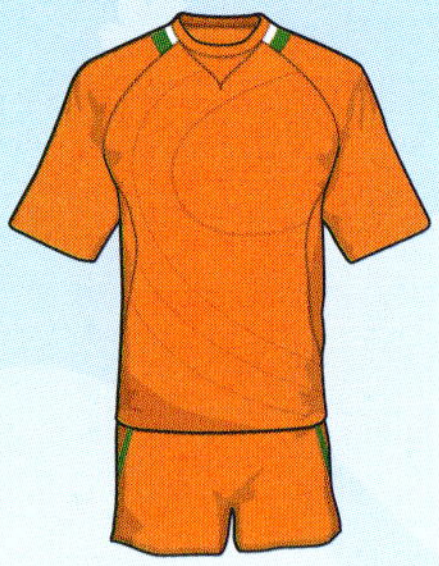

Gruppe C

Für die Elfenbeinküste ist es die dritte Teilnahme an einer FIFA Fußball-Weltmeisterschaft in Folge. Doch dürfte es für die alternden Stars um Kapitän Didier Drogba die letzte Chance auf einen Triumph in einem großen Turnier sein. Drogba, der bereits bei den letzten beiden FIFA Fußball-Weltmeisterschaften dabei war, schoss bisher mehr als 60 Tore für die Elfenbeinküste. Unterstützt wird er dabei von Mittelfeld-Assen wie Didier Zokora sowie Yaya Touré von Manchester City. Bisher konnten die „Elefanten" jedoch nur einen einzigen Titel holen, die Afrikameisterschaft 1992. In diesem Jahr haben sie sich vorgenommen, mindestens das Achtelfinale zu erreichen.

FACTS

Gegründet: 1960

Nationalstadion: Félix Houphouët-Boigny, Abidjan

Spitzname: die Elefanten

Endrundenqualifikation: Erster der CAF-Zweitrundengruppe C, dann 3:1, 1:1 (4:2 gesamt) gegen Senegal

FIFA Weltrangliste: 17

FIFA WM-Endrundenteilnahmen: 2

Titel: keine

Spitzenspieler: Didier Drogba, Salomon Kalou, Yaya Touré

Trainer: Sabri Lamouchi

Dider Drogba konnte schon viele großartige Triumphe auf der Weltbühne des Fußballs feiern.

Yaya Touré wurde 2013 zum dritten Mal hintereinander zu Afrikas Fußballer des Jahres gewählt.

Hot Spot

Die „Elefanten" blieben in der Qualifikation ungeschlagen. Sie verbuchten vier Siege plus zwei Unentschieden gegen Marokko. Damit waren sie Gruppenerster. In den Play-offs gab es einen Sieg und ein Unentschieden gegen Senegal.

Die Ivorer wollen es wissen und erstmals den Sprung in die K.o.-Runde schaffen.

Japan

Die asiatischen Herausforderer

Gruppe C

Seit Japan Mitte der 1990er-Jahre eine professionelle Fußball-Liga gründete, machte es im internationalen Fußball unglaubliche Fortschritte. Anfangs baute die Nationalmannschaft nur auf Teamwork – ohne Alleingänge einzelner Spieler. Aber die spielerischen Fortschritte in der J.League trugen dazu bei, dass das aufstrebende Team nun einen Mix aus diszipliniertem Ballbesitzfußball und Einzelaktionen ausübt. Als Asienmeister nahmen die „blauen Samurai“ 2013 am Confederations Cup in Brasilien teil, mussten sich jedoch nach drei Niederlagen in den Gruppenspielen verabschieden.

FACTS

Gegründet: 1921

Nationalstadion: Olympia-Stadion, Tokio

Spitzname: blaue Samurai

Endrundenqualifikation: Drittrundenzweiter der AFC-Gruppe C, dann in der 4. Runde Erster der AFC-Gruppe B

FIFA Weltrangliste: 47

FIFA WM-Endrundenteilnahmen: 4

Titel: keine

Spitzenspieler: Eiji Kawashima, Shinji Kagawa, Keisuke Honda

Trainer: Alberto Zaccheroni

Keisuke Hondas Freistöße sind bei jedem Torhüter gefürchtet.

Der angriffsstarke Shinji Kagawa wurde 2012 als „Asiens internationaler Fußballer des Jahres“ ausgezeichnet.

Hot Spot

Shinji Kagawa wechselte 2012 für eine Ablösesumme von 17 Millionen Euro von Borussia Dortmund zu Manchester United. Er wurde sowohl deutscher als auch englischer Meister in zwei aufeinanderfolgenden Spielzeiten.

Bei der Qualifikation zur FIFA Fußballweltmeisterschaft 2014 erzielte Japan ein Torverhältnis von 30:8.

Uruguay

Die Altmeister

Gruppe D

Uruguays ehemaliger Trainer Ondino Viera, der die Nationalelf 1966 in die Finalspiele führte, sagte einmal: „Andere Länder haben ihre Geschichte, Uruguay hat seinen Fußball.“ Auch wenn die Celeste, die „Himmelblaue“, sich ihr Ticket nach Brasilien als letzte Mannschaft erst durch einen Play-off-Sieg gegen Jordanien sicherte, ist sie nicht zu unterschätzen. Die beiden Stürmer Luis Suárez und Edinson Cavani, die zu den weltbesten Torjägern gehören, glänzten bereits bei der WM 2010 in Südafrika, wo Uruguay um den dritten Platz spielte. Óscar Washington Tabárez ist mit 67 Jahren wahrscheinlich der älteste Trainer bei der WM.

FACTS

Gegründet: 1900

Bekanntes Stadion: Centenario, Montevideo

Spitzname: La Celeste

Endrundenqualifikation: Fünfter der CONMEBOL, dann 5:0, 0:0 (5:0 gesamt) gegen Jordanien

FIFA Weltrangliste: 6

FIFA WM-Endrunden-teilnahmen: 11

WM-Titel: 1930, 1950

Spitzenspieler: Luis Suárez, Edinson Cavani, Diego Godín

Trainer: Óscar Washington Tabárez

Edinson Cavani hat so manche Abwehrreihe italienischer und französischer Clubs auseinandergenommen.

Luis Suárez zeigte seine Weltklasse bei der FIFA U-20-Weltmeisterschaft 2007.

Hot Spot

Uruguay ist mit seinen 3,2 Millionen Einwohnern das kleinste Land, das je eine FIFA Fußball-WM gewann und auch ausrichtete. Die Südamerikaner holten 1930 und 1950 den Titel und waren 1930 zudem Gastgeber.

Uruguay erreichte das Halbfinale beim Confederations Cup 2013 in Brasilien.

Costa Rica

Dabei sein ist alles

Gruppe D

Was „Ticos" – der Spitzname der Costa Ricaner – bedeutet, weiß eigentlich niemand so recht. Genauso wenig, wie es das mittelamerikanische Land immer wieder schaffte, vermeintlich bessere Fußballnationen zu überraschen! In der CONCACAF-Rangliste liegt das Land jedenfalls auf Rang 3 hinter den viel größeren Ländern USA und Mexiko. Unter dem kolumbianischen Trainer Pinto, der das Team 2011 zum zweiten Mal übernahm, belegte Costa Rica den zweiten Platz bei der Qualifikation zur Fußball-WM. Dabei glänzten der beim FC Fulham spielende Stürmer Bryan Ruiz, unterstützt von Celso Borges und Stammspieler Álvaro Saborío.

FACTS

Gegründet: 1921

Nationalstadion: Estadio Nacional, San José

Spitzname: Los Ticos

Endrundenqualifikation: Drittrundenzweiter der CONCACAF-Gruppe B, Zweiter in der 4. Runde

FIFA Weltrangliste: 31

FIFA WM-Endrunden-teilnahmen: 3

Titel: keine

Spitzenspieler: Bryan Ruiz, Christian Bolaños, Álvaro Saborío

Trainer: Jorge Luis Pinto

Kapitän Bryan Ruiz schoss eines der beiden Tore bei Costa Ricas 2:1-Sieg gegen Mexiko.

Torhüter Keylor Navas stand bei der FIFA U-17-Weltmeisterschaft 2003 in Finnland erstmals für Costa Rica im Tor.

Hot Spot

Sein WM-Debüt und bestes Ergebnis hatte Costa Rica 1990 unter Trainerfuchs Bora Milutinović. Nach Siegen über Schweden und Schottland erreichte es als Zweiter hinter Brasilien das Achtelfinale, schied dort aber aus.

Costa Rica belegte bei der CONCACAF-Qualifikation hinter den USA den zweiten Platz.

England

Hodgsons Spitzentruppe

Gruppe D

Auf der englischen Nationalelf lastet bei jeder FIFA Fußball-WM ungeheurer Erfolgsdruck. Das hat im Mutterland des Fußballs mit der 150-jährigen Geschichte der Football Association und dem bisher einzigen WM-Titel von 1966 zu tun. Trainer Roy Hodgson hatte keinen leichten Start kurz vor der EM 2012. Inzwischen verjüngte er sein Team und holte neben den erfahrenen Spielern um Kapitän Steven Gerrard, Ashley Cole und Stürmerstar Wayne Rooney auch Nachwuchstalente wie Jack Wilshere, Danny Welbeck und Daniel Sturridge herein. England fährt selbstbewusst nach Brasilien, nachdem es sich als Gruppenerster qualifizierte.

FACTS

Gegründet: 1863

Nationalstadion: Wembley, London

Spitzname: Three Lions

Endrundenqualifikation: Gruppenerster der UEFA-Gruppe H

FIFA Weltrangliste: 13

FIFA WM-Endrunden-teilnahmen: 13

WM-Titel: 1966

Spitzenspieler: Wayne Rooney, Steven Gerrard, Jack Wilshere

Trainer: Roy Hodgson

Wayne Rooney war mit 7 Toren Englands Torschützenkönig in den Qualifikationsspielen.

Ashley Cole holte mit Chelsea alle Titel, die ein Verein holen kann.

Hot Spot

Seit Roy Hodgson 2012 Trainer Fabio Capello ablöste, ist England in 14 Wettbewerbsspielen ungeschlagen. Bei der EM 2012 verloren sie im Viertelfinale gegen Italien erst im dramatischen Elfmeterschießen.

Auch wenn England nur geringe Chancen auf den WM-Titel eingeräumt werden, sind die Erwartungen der Fans natürlich gewohnt hoch.

Italien

Europas erfolgreichstes Team

FACTS

Gegründet: 1898

Bekanntes Stadion: Stadio Olimpico, Rom

Spitzname: Azzurri

Endrundenqualifikation: Gruppenerster der UEFA-Gruppe B

FIFA Weltrangliste: 7

FIFA WM-Endrunden-teilnahmen: 17

WM-Titel: 1934, 1938, 1982, 2006

Spitzenspieler: Gianluigi Buffon, Andrea Pirlo, Mario Balotelli

Trainer: Cesare Prandelli

Gruppe D

Italien ist Europas bisher siegreichste Fußballnation bei FIFA Fußball-Weltmeisterschaften. Die Azzurri wurden als erstes europäisches Team Weltmeister und holten die Trophäe seither noch weitere drei Mal. Auch wenn die italienischen Spieler nicht immer großen Fußball spielen, so kämpfen sie doch stets mit allen Mitteln um den Sieg. Trainer Cesare Prandelli machte sie 2012 zum europäischen Vizemeister und reist mit dem Kern dieser Mannschaft, die bei der Qualifikation ungeschlagen blieb, nach Brasilien. Mario Balotelli, der nach kurzer, aber stürmischer Zeit bei Manchester City nun wieder in Mailand spielt, erzielte mit fünf Treffern die meisten Tore.

Mittelfeldspieler Daniele De Rossi ist einer der letzten Akteure Italiens aus dem Siegerteam der FIFA Fußball-WM 2006.

Pablo Osvaldo wurde in Argentinien geboren, spielt aber inzwischen für Italien.

Hot Spot

Die Azzurri machten ihrem Ruf, was Angriff und Verteidigung betrifft, auf dem Weg nach Brasilien alle Ehre. In den 10 Qualifikationsspielen schossen sie nur 19 Tore, kassierten aber auch nur 9 Gegentore.

Italien hat durchaus Chancen auf den fünften FIFA Fußball-WM-Titel.

Schweiz

Eine Mannschaft wie ein Uhrwerk

Gruppe E

FACTS

Gegründet: 1895

Nationalstadion: Stade de Suisse, Bern

Spitzname: La Nati

Endrundenqualifikation: Erster der UEFA-Gruppe E

FIFA Weltrangliste: 8

FIFA WM-Endrundenteilnahmen: 9

WM-Titel: keine

Spitzenspieler: Gökhan Inler, Tranquillo Barnetta, Xherdan Shaqiri

Trainer: Ottmar Hitzfeld

Nachdem die Schweiz in der Vorrunde der Fußball-WM 1966 in England ausschied, kam eine WM-Pause. Erst der Engländer Roy Hodgson trimmte die Nationalelf wieder auf Erfolgskurs und führte sie 1994 zur ersten WM-Teilnahme nach 28 Jahren. Die wiedererstarkten Schweizer sind nun zum dritten Mal in Serie bei der WM dabei. Mit Ottmar Hitzfeld betreut sie einer der renommiertesten Fußballtrainer der Welt. In der Qualifikation blieben sie in Gruppe E ungeschlagen: Sie fuhren 7 Siege und 3 Unentschieden ein und lagen damit 7 Punkte vor dem Gruppenzweiten Island. Bemerkenswert ist, dass zehn Spieler die insgesamt 17 Tore schossen.

Nach einer Absage beim türkischen Verein Fenerbahçe ging die Karriere des Mittelfeldspielers Gökhan Inler plötzlich steil bergauf.

Hot Spot

Die Schweizer Nationalelf stand bisher drei Mal bei einer FIFA Fußball-WM im Viertelfinale – aber das liegt lange zurück: 1934 in Italien, 1938 in Frankreich und 1954 als Gastgeber.

Seine Führungsrolle im Team der Schweiz war ausschlaggebend für den Wechsel des im Kosovo geborenen Xherdan Shaqiri zu Bayern München.

Wenn die Schweizer Abwehr weiterhin solide steht, hängt das Weiterkommen in erster Linie vom Sturm ab.

Ecuador

Berechtigte Hoffnungen

Gruppe E

Ecuador musste bis zur letzten Minute um seine Qualifikation für die Endrunde bangen. Eine 2:1 Niederlage gegen Chile reichte am Ende jedoch aus, um aufgrund der besseren Tordifferenz vor Uruguay noch ein WM-Ticket zu ergattern. Spieler und Trainer widmeten den Qualifikationserfolg ihrem Teamkameraden Cristian Benítez. Der war wenige Wochen zuvor zum Erstligisten Al-Jaish in Katar gewechselt und starb dort während eines Spiel mit nur 27 Jahren an Herzversagen. Benítez hatte während der Qualifikation 4 Tore geschossen. Zum wichtigsten Spieler wurde Felipe Caicedo mit 7 Treffern, 4 davon durch Elfmeter.

FACTS

Gegründet: 1926

Nationalstadion: Estadio Olímpico Atahualpa, Quito

Spitzname: La Tri

Endrundenqualifikation: Vierter der CONMEBOL-Gruppe

FIFA Weltrangliste: 23

FIFA WM-Endrundenteilnahmen: 2

Titel: keine

Spitzenspieler: Antonio Valencia, Edison Méndez, Felipe Caicedo

Trainer: Reinaldo Rueda

Hot Spot

72 Jahre dauerte es, bis Ecuador es 2002 erstmals in die Endrunde einer FIFA Fußball-WM schaffte. Den größten Erfolg feierte das Team 2006, als es ins Achtelfinale einzog. 2014 nimmt es zum dritten Mal teil.

Mittelfeldspieler Edison Méndez ist ein Routinier. Er hat über 100 Länderspiele bestritten.

Der vielseitige, schnelle Antonio Valencia glänzt sowohl in der Verteidigung als auch im Angriff.

Nachdem Ecuador mit seiner direkten Qualifikation eine Überraschung gelang, darf man auf die weiteren Spiele in Brasilien gespannt sein.

Frankreich

Ein neues blaues Wunder?

Gruppe E

Es dauerte vier Jahre, bis Frankreich sich von dem Debakel bei der FIFA Fußball-Weltmeisterschaft 2010 in Südafrika erholte. Die Fans waren schockiert, hatte der FIFA Fußball-WM-Gewinner von 1998 doch 2006 kurz vor dem zweiten FIFA Fußball-WM-Titelgewinn gestanden. Didier Deschamps, der als Kapitän mit den „Blauen“ nicht nur den FIFA WM-Pokal 1998 holte, sondern auch die UEFA EM 2000 gewann, trainiert nun die „Blauen“. Mit viel Disziplin stellte er wieder Ordnung auf dem Spielfeld her, dennoch musste Frankreich bis zuletzt um die WM-Teilnahme zittern. In den Play-offs konnte es, als erstes Land überhaupt, eine 0:2-Niederlage im Hinspiel gegen die Ukraine wieder wettmachen.

FACTS

Gegründet: 1890, umstrukturiert 1919

Nationalstadion: Stade de France, Paris / Saint-Denis

Spitzname: Les Bleus

Endrundenqualifikation: Zweiter der UEFA-Gruppe I, dann 0:2, 3:0 gegen die Ukraine

FIFA Weltrangliste: 20

FIFA WM-Endrunden-teilnahmen: 13

FIFA WM-Titel: 1998

Spitzenspieler: Franck Ribéry, Karim Benzema, Hugo Lloris

Trainer: Didier Deschamps

Karim Benzema wurde 2011 und 2012 zu Frankreichs Fußballer des Jahres gewählt.

Franck Ribéry trug entscheidend zur WM-Qualifizierung Frankreichs und zu den aktuellen Titelerfolgen des FC Bayern bei.

Hot Spot

Frankreich gewann als bisher einzige europäische Mannschaft diese drei wichtigen internationalen Turniere: die FIFA Fußball-WM 1998, den Confederations Cup 2001 und 2003 sowie die Olympischen Spiele 1984.

Die „Blauen“ wollen ihren blamablen Auftritt bei der FIFA Fußball-WM 2010 in Südafrika wiedergutmachen.

Honduras

Team im Fokus

Gruppe E

In der Endrunde der CONCACAF-Qualifikation wurde es für alle eng, außer für Honduras. Dem Team reichte ein Unentschieden gegen Schlusslicht Jamaika, und locker holte es sich den entscheidenden Punkt am letzten Spieltag in Kingston. Carlo Costly und Maynor Figueroa erzielten die beiden Treffer. Damit hatte Honduras vier Punkte Vorsprung auf Mexiko, das in die Play-offs musste. Bester Torschütze insgesamt war Nachwuchsstar Jerry Bengtson, der bereits während der Olympiade 2012 in London auffiel. Trainer Luis Fernando Suárez ist einer von drei kolumbianischen Trainern, die nach Brasilien fahren.

FACTS

Gegründet: 1951

Nationalstadion: Estadio Olímpico Metropolitano, San Pedro Sula

Spitzname: Los Catrachos

Endrundenqualifikation: Drittrundenerster der CONCACAF-Gruppe C, Dritter der 4. Runde

FIFA Weltrangliste: 42

FIFA WM-Endrunden-teilnahmen: 2

WM-Titel: keine

Spitzenspieler: Maynor Figueroa, Emilio Izaguirre, Jerry Bengtson

Trainer: Luis Fernando Suárez

Jerry Bengtson erzielte bei der Qualifikation zur FIFA Fußball-WM gegen Kanada einen Hattrick.

Maynor Figueroa ist seit 6 Jahren ein Top-Spieler im englischen Fußball, zuerst bei Wigan Athletic, nun bei Hull City.

Hot Spot

Honduras hat es seit der 1:10-Niederlage gegen Guatemala in seinem ersten Länderspiel 1921 weit gebracht. Gut 80 Jahre später wurde es als Gastteam beim hochklassigen Copa América Dritter.

Die Spieler aus Honduras haben das Potenzial, sich jederzeit auch gegen hochkarätige Gegner durchzusetzen.

Argentinien

Auf Messi kommt es an!

Gruppe F

Argentinien wurde bei der FIFA Fußball-Weltmeisterschaft 1930 Vizeweltmeister, gewann zwei Mal den WM-Titel, und viele Weltklassespieler wurden dort geboren. Mario Kempes schoss 1978 die entscheidenden Siegtore, 1986 führte Maradona sein Team zum Erfolg. Nun liegt die Verantwortung auf den Schultern von Lionel Messi. Der mehrfach als Weltfußballer des Jahres ausgezeichnete Spieler des FC Barcelona ist einer der weltbesten Torschützen – erzielte bei WM-Endrunden bisher aber nur einen Treffer. Wenn Messi Argentinien im Nachbarland Brasilien zum Titel führt, macht ihn das endgültig zur Legende.

FACTS

Gegründet: 1893

Nationalstadion: Monumental, Buenos Aires

Spitzname: Albiceleste

Endrundenqualifikation: Erster der CONMEBOL-Gruppe

FIFA Weltrangliste: 3

FIFA WM-Endrundenteilnahmen: 15

WM-Titel: 1978, 1986

Spitzenspieler: Lionel Messi, Sergio Agüero, Angel Di María

Trainer: Alejandro Sabella

Sergio Agüero schoss im Endspiel der Olympischen Spiele 2008 in Peking spielentscheidende Tore.

Barcelonas Javier Mascherano ist ein herausragender Verteidiger und glänzt auch als Spielmacher.

Hot Spot

Argentinien erzielte in der südamerikanischen Qualifikation mit 35 Toren die meisten Treffer. Drei Spieler schossen 24 davon: Lionel Messi 10, Gonzalo Higuaín 9 und Sergio Agüero 5.

Mit so vielen herausragenden Talenten hat Argentiniens Team große Chancen auf den Titel.

Bosnien-Herzegowina

Neue Gesichter bei der WM

FACTS

Gegründet: 1992

Nationalstadion: Bilino Polje, Zenica

Spitzname: die Drachen

Endrundenqualifikation: Erster der UEFA-Gruppe G

FIFA Weltrangliste: 19

FIFA WM-Endrunden-teilnahmen: keine

WM-Titel: keine

Spitzenspieler: Asmir Begović, Edin Džeko, Vedad Ibišević

Trainer: Safet Sušić

Gruppe F

Bosnien-Herzegowina fährt 22 Jahre, nachdem sich das ethnisch vielschichtige Land vom früheren Jugoslawien abspaltete, erstmals zu einer Fußball-Weltmeisterschaft. Doch bereits bei früheren Spielen stellten die „Drachen“ ihr Können unter Beweis. Sie unterlagen bei den Play-offs zur FIFA Fußball-WM 2010 und zur Europameisterschaft 2012 jeweils nur knapp. Auf dem Weg nach Brasilien verloren sie in der Vorrunde nur ein Spiel, obwohl sie in ihrer Gruppe auf starke Gegner wie Griechenland und die Slowakei trafen. Bisher ist Trainer Safet Sušić, der 1982 und 1990 für Jugoslawien in der Endrunde kickte, der Einzige im Team mit Erfahrung bei einer FIFA Fußball-WM.

Edin Džeko ist mit 33 Länderspieltoren bester Torschütze Bosniens.

Vedad Ibišević (rechts) spielte in der Schweiz, den USA, Frankreich und Deutschland, aber noch nie für einen bosnischen Verein.

Hot Spot

Vier Spieler – Edin Džeko, Vedad Ibišević, Asmir Begović und Emir Spahić – nahmen an allen 10 Qualifikationsspielen teil. Džeko (10) und Ibišević (8) schossen insgesamt 18 Tore.

Nach zwei bitteren Enttäuschungen in den Play-offs qualifizierte sich Bosnien-Herzegowina dieses Mal endlich für die Endrunde.

Iran

Es geht voran

Gruppe F

Reza Ghoochannejhad wurde durch seinen Siegtreffer beim Qualifikationsspiel gegen Südkorea schlagartig bekannt. Der im Iran geborene und in den Niederlanden aufgewachsene Stürmer fiel Trainer Carlos Queiroz vor allem durch seine Tore für den belgischen Verein VV St. Truiden auf. Im Herbst 2012 spielte er erstmals für den Iran und schoss in vier Spielen gegen Katar, den Libanon und Südkorea fünf Tore. Damit katapultierte er das „Team Melli“ in die Finalrunde in Brasilien. Obwohl der Iran in Asien schon lange zu den Spitzenmannschaften gehört, schaffte er es bisher nicht, die Vorrunde einer FIFA Fußball-WM zu überstehen. Nach Queiroz' Meinung wird sich das allerdings bald ändern.

FACTS

Gegründet: 1920

Nationalstadion: Azadi-Stadion, Teheran

Spitzname: Team Melli

Endrundenqualifikation: 4:0, 1:0 (5:0 gesamt) gegen die Malediven; Drittrundengewinner der AFC-Gruppe E; Viertrundengewinner der Gruppe A

FIFA Weltrangliste: 33

FIFA WM-Endrundenteilnahmen: 3

WM-Titel: keine

Spitzenspieler: Javad Nekounam, Mohammad Nosrati, Ali Karimi

Trainer: Carlos Queiroz

Ali Karimi nahm bereits an der FIFA Fußball-WM 2006 teil und wird der „Maradona Asiens“ genannt.

Hot Spot

Der Iran erzielte bei der FIFA Fußball-WM 1998 in Frankreich einen denkwürdigen 2:1-Sieg über die USA. Das Spiel war von Sportsgeist geprägt, obwohl es zwischen den Ländern diplomatische Spannungen gab.

Der Iran hat in der Asien-Gruppe mit 30 Toren die meisten Treffer erzielt.

Javad Nekounam war 2013 ein Mitfavorit auf den Titel „Asiens Fußballer des Jahres“.

Nigeria

Adler auf dem Höhenflug

Gruppe F

Nigerias Teilnahme an der FIFA Fußball-Weltmeisterschaft 2014 in Brasilien wird beflügelt durch das beste Jahr in der Fußballgeschichte des Landes. Im Frühjahr 2013 feierte die Nationalelf nach mehr als zwei Jahrzehnten erneut einen Triumph bei den Afrika-Meisterschaften, und nur wenige Monate später wurden die nigerianischen Nachwuchs-Fußballer Weltmeister bei der FIFA U-17-WM in Abu Dhabi. Bei den letzten fünf FIFA Fußball-WMs war Nigeria viermal mit von der Partie und schaffte es zwei Mal ins Achtelfinale. Unverzichtbar ist Stephen Keshi, der 1994 mit den Super Eagles als Kapitän Afrika-Meister wurde und diesen Erfolg 2013 als Trainer wiederholte.

FACTS

Gegründet: 1945

Nationalstadion: Abuja National Stadion, Abuja

Spitzname: Super Eagles

Endrundenqualifikation: Erster der CAF-Zweitrundengruppe F, dann 2:1, 2:0 (4:1 gesamt) gegen Äthiopien

FIFA Weltrangliste: 37

FIFA WM-Endrundenteilnahmen: 4

WM-Titel: keine

Spitzenspieler: Vincent Enyeama, Victor Moses, John Obi Mikel

Trainer: Stephen Keshi

Hot Spot

1994 war Nigeria erstmals bei einer FIFA Fußball-WM dabei und stieg dann auf Platz 5 der FIFA Weltrangliste auf – bis heute die beste Platzierung, die je ein afrikanisches Land erreichte.

Victor Moses wechselte 2012 in den Kader von Nigerias Nationalelf, bis zur U-21 hatte er für England gespielt.

John Obi Mikel dirigiert das Mittelfeld des dreimaligen Afrika-Meisters.

Von 22 Länderspielen 2013 gewann das nigerianische Team elf und verlor nur drei.

Deutschland

Auf dem Weg zum Ruhm

Gruppe G

Der deutsche Fußball wird genauso bewundert wie der spanische. Dank der Beständigkeit, der intensiven Nachwuchsförderung und der herausragenden Leistungen von Bayern München und Borussia Dortmund zählt Joachim Löws Team zum engen Favoritenkreis und könnte als erste europäische Mannschaft den WM-Pokal auf dem amerikanischen Kontinent gewinnen. Deutschland war bereits drei Mal Weltmeister und ebenso oft Vizeweltmeister. Ein vierter Triumph hängt jedoch stark von den Stürmern ab. Bester Torschütze in der Qualifikation war mit acht Treffern der offensive Mittelfeldspieler Mesut Özil.

FACTS

Gegründet: 1900

Bekannte Stadien: Allianz-Arena, München, und Olympiastadion, Berlin

Spitzname: Jogis Jungs

Endrundenqualifikation: Gruppenerster der UEFA-Gruppe C

FIFA Weltrangliste: 2

FIFA WM-Endrundenteilnahmen: 17

WM-Titel: 1954, 1974, 1990 – alle als BRD

Spitzenspieler: Mesut Özil, Philipp Lahm, Thomas Müller

Trainer: Joachim Löw

Bastian Schweinsteiger ist im defensiven Mittelfeld ein wahrer Fels in der Brandung.

Thomas Müller gewann mit 5 Toren den Goldenen Schuh bei der FIFA Fußball-WM 2010. Außerdem lieferte er drei Vorlagen.

Hot Spot

Der Fußballlegende Franz Beckenbauer gelang es als Einzigem, die FIFA Fußball-WM als Mannschaftskapitän (1974) und als Teamchef (1990) zu gewinnen. Außerdem war er 2006 Präsident des deutschen Organisationskomitees.

Der dreimalige Weltmeister und dreimalige Vizeweltmeister gehört immer zu den Favoriten.

Portugal
Mit Ronaldo im Gepäck

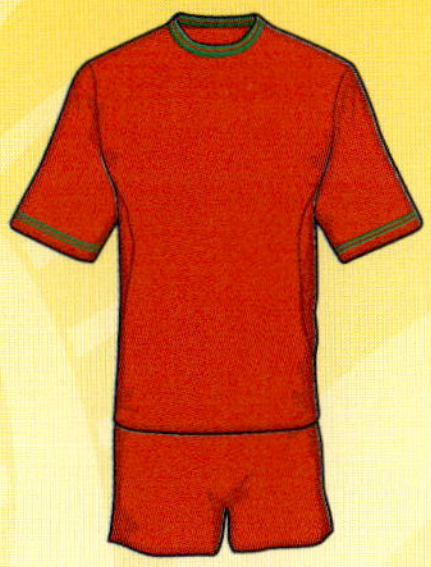

Gruppe G

Nach dem großen Erfolg bei ihrer ersten FIFA Fußball-WM 1966, wo es mit Legende Eusébio Dritter wurde, blieben Portugals Triumphe auf der Weltbühne des Fußballs aus. Viel zu oft scheiterte man an hausgemachten Problemen. Diesmal musste Portugal zum zweiten Mal den Umweg über die Play-offs antreten, um ein Ticket nach Brasilien zu ergattern. Dennoch zieht das Land immer wieder Aufmerksamkeit auf sich, weil es den genialen Stürmer Cristiano Ronaldo im Kader hat, den Pepe und Fábio Coentrão in der Verteidigung sowie João Moutinho im Mittelfeld herausragend unterstützen. Portugals Fans hoffen, dass ihre Mannschaft an die Leistungen bei der UEFA Fußball-EM 2012, wo es im Halbfinale stand, anschließen kann.

FACTS

Gegründet: 1914

Nationalstadion: Estádio de Honra, Lissabon

Spitzname: Seleção das Quinas Tugas

Endrundenqualifikation: Zweiter der UEFA-Gruppe F, dann 1:0, 3:2 (4:2 gesamt) gegen Schweden

FIFA Weltrangliste: 5

FIFA WM-Endrundenteilnahmen: 5

WM-Titel: keine

Spitzenspieler: Cristiano Ronaldo, Pepe, João Moutinho

Trainer: Paulo Bento

Cristiano Ronaldo schoss Portugal zur WM. Er erzielte bei den Play-offs alle 4 Tore.

Pepe wurde letztes Jahr als einer der weltbesten Verteidiger ausgezeichnet.

Hot Spot

Cristiano Ronaldo erzielte im Play-off-Rückspiel gegen Schweden seinen 5. Hattrick in einer Saison und zog mit 47 Toren nun mit Portugals Rekordtorschütze Pauleta gleich.

Portugal musste zum zweiten Mal in Folge die Play-offs bestreiten, um sich zu qualifizieren.

Ghana

Im Aufwind

Gruppe G

Ghana brillierte als erste schwarzafrikanische Mannschaft auf internationalem Niveau, schaffte es aber trotz seines Potenzials erstmals 2006, sich für eine FIFA Fußball-WM zu qualifizieren. Es wurde vier Mal Afrika-Meister und holte drei Mal den FIFA WM-Titel für Nachwuchsteams. Doch trotz vieler Talente und grandioser Leistungen nahm das Land 2006 erstmals an einer FIFA Fußball-WM teil. Bei der FIFA Fußball-WM 2010 in Südafrika erreichten die „Black Stars" als einziges von sechs afrikanischen Ländern die zweite Runde und verpassten den Einzug ins Halbfinale nur durch ein dramatisches Elfmeterschießen. Stars wie Asamoah Gyan und Kevin-Prince Boateng wollen nun an diesen Erfolg anknüpfen.

FACTS

Gegründet: 1957

Bekanntes Stadion: Kumasi Sports Stadium, Ashanti

Spitzname: Black Stars

Endrundenqualifikation: Erster der CAF-Zweitrundengruppe D, dann 6:1, 1:2 (7:3 gesamt) gegen Ägypten

FIFA Weltrangliste: 24

FIFA WM-Endrundenteilnahmen: 2

WM-Titel: keine

Spitzenspieler: Michael Essien, Asamoah Gyan, Kevin-Prince Boateng

Trainer: Akwasi Appiah

Ghanas bester Torschütze während der WM-Qualifikation war Asamoah Gyan mit 6 Treffern.

Kevin-Prince Boateng ist der Halbbruder des deutschen Nationalspielers Jérôme Boateng.

Hot Spot

Ghana gewann bei den Olympischen Spielen 1992 in Barcelona als erste afrikanische Fußballmannschaft eine Medaille. Es besiegte Australien 1:0 im Spiel um den dritten Platz und holte Bronze.

Bei der FIFA Fußball-WM 2010 erreichte Ghana als dritte afrikanische Mannschaft ein Viertelfinale.

USA
Der amerikanische Traum

FACTS

Gegründet: 1913

Bekanntes Stadion: Robert F. Kennedy Memorial, Washington D. C.

Spitzname: Soccer Boys

Endrundenqualifikation: Drittrundengewinner der CONCACAF-Gruppe A; Gewinner der 4. Runde

FIFA Weltrangliste: 14

FIFA WM-Endrundenteilnahmen: 9

WM-Titel: keine

Spitzenspieler: Tim Howard, Landon Donovan, Clint Dempsey

Trainer: Jürgen Klinsmann

Gruppe G

Der Ehrgeiz, eine FIFA Fußball-Weltmeisterschaft zu gewinnen, wurde maßgeblich in den 1970er-Jahren geweckt, als die North American Soccer League auf ihrem Höhepunkt war. Rund 40 Jahre und 14 Nationaltrainer später haben es die USA noch immer nicht geschafft, über ein Viertelfinale hinauszukommen. Das ist jetzt das erklärte Ziel von Jürgen Klinsmann, der 1990 mit der DFB-Elf die begehrte WM-Trophäe holte – und jetzt als Trainer der USA wieder in eine Endrunde einzieht. Auch Landon Donovan, der 32-jährige Mannschaftskapitän, der seine vierte Weltmeisterschaft bestreitet, ist fest entschlossen, seine Fußballkarriere mit diesem Erfolg zu krönen.

Clint Dempsey ist zweitbester Torschütze der Nationalmannschaft in der Geschichte des US-Fußballs.

Jozy Altidore ist ein zuverlässiger Torschütze und glänzte schon in den Jugendkadern der USA.

Hot Spot

Der FIFA Fußball-WM-erprobte, ehemalige Mittelfeldspieler Cobi Jones ist mit 164 Einsätzen unter den Top Ten der meisteingesetzten Nationalspieler weltweit. Er schoss dabei allerdings nur 15 Tore.

Bei der Qualifikation zur FIFA Fußball-Weltmeisterschaft 2014 gewann das Team der USA 11 von 16 Spielen und erzielte dabei 26 Treffer.

Belgien

Eine neue Generation

Gruppe H

Nach zwölf erfolglosen Jahren nehmen die Belgier zum ersten Mal wieder an einer FIFA Fußball-Weltmeisterschaft teil, und das mit einem äußerst vielversprechenden Team. 1986 waren die „Roten Teufel“ im Halbfinale, und seitdem warten ihre Fans, dass sie an die Erfolge von damals anknüpfen. Der von Trainer Marc Wilmots zusammengestellte junge Spielerkader zeigte sich souverän in der Qualifikation und leistungsstark auf allen Positionen: von Vincent Kompany in der Innenverteidigung über Eden Hazard bis zu Romelu Lukaku im Sturm. Seit Jahren führt der frühere Spieler Marc Wilmots mit 5 Treffern die belgische Torschützenrangliste bei Weltmeisterschaften an.

FACTS

Gegründet: 1895

Nationalstadion: König-Baudouin-Stadion, früher Heysel-Stadion, Brüssel

Spitzname: Rote Teufel

Endrundenqualifikation: Gruppenerster der UEFA-Gruppe A

FIFA Weltrangliste: 11

FIFA WM-Endrundenteilnahmen: 11

WM-Titel: keine

Spitzenspieler: Vincent Kompany, Eden Hazard, Romelu Lukaku

Trainer: Marc Wilmots

Marouane Fellaini liefert vom Mittelfeld aus die Vorlagen für die Torjäger.

Eden Hazard sammelte beim englischen Premier-League-Club FC Chelsea Erfahrungen mit großen Spielen.

Hot Spot

Die während der Qualifikation erzielten 18 Tore für Belgien verteilen sich auf zehn Spieler. Bester Torschütze war Kevin de Bruyne mit 4 Treffern. Die beiden Tore von Romelu Lukaku im wichtigen Spiel gegen Kroatien sicherten das Ticket nach Brasilien.

Das belgische Team ist seit 2009 in der FIFA Weltrangliste um mehr als 50 Plätze nach oben geklettert.

Algerien

Fahrplan zum Erfolg

FACTS

Gegründet: 1962

Bekanntes Stadion: Mustapha Tchaker, Blida

Spitzname: Les Fennecs

Endrundenqualifikation: Gewinner der CAF-Zweitrundengruppe H, dann 2:3, 1:0 (3:3 gesamt) gegen Burkina Faso

FIFA Weltrangliste: 26

FIFA WM-Endrundenteilnahmen: 3

WM-Titel: keine

Spitzenspieler: Madjid Bougherra, Islam Slimani, Saphir Taïder

Trainer: Vahid Halilhodžić

Gruppe H

1982 feierte Algerien sein Debüt bei einer FIFA Fußball-WM, schied jedoch nach einem spektakulären Start unglücklich wegen der schlechteren Tordifferenz in der Vorrunde aus. Auch bei zwei weiteren Teilnahmen lief es nicht besser, und die „Wüstenfüchse" kamen über die Gruppenphase nicht hinaus. Der Erfolg in Brasilien hängt davon ab, ob die Algerier das bei den Qualifikationsspielen gezeigte Niveau halten, wo sie in vier Heimspielen in Blida nur ein Gegentor zuließen. In den Play-offs bezwangen sie Burkina Faso vor heimischen Fans durch ein Tor ihres Kapitäns Madjid Bougherra, nachdem sie zuvor in Ouagadougou eine 3:2-Niederlage eingesteckt hatten. Damit qualifizierte sich Algerien als letztes afrikanisches Team.

Hot Spot

Der beim portugiesischen Club Sporting Lissabon unter Vertrag stehende Islam Slimani war bei den Qualifikationsspielen mit 5 Treffern bester Torschütze Algeriens, in dessen Nationalkader er seit 5 Jahren spielt.

Madjik Bougherra bejubelt seinen historischen Siegtreffer im Rückspiel gegen Burkina Faso.

Algerien schlug Burkina Faso und sicherte sich aufgrund der Auswärtstorregel das Ticket zur FIFA Fußball-WM 2014 in Brasilien.

Islam Slimani erzielte bei 17 Länderspielen in nur 18 Monaten insgesamt 9 Tore.

Russland

Eine bärige Truppe

Gruppe H

Trainer Fabio Capello führte England zur FIFA Fußball-WM 2010, doch das Ausscheiden im Achtelfinale kostete ihn fast den Job. Jetzt trainiert er die russische Nationalmannschaft, und Russland als Gastgeber der Fußball-WM 2018 wäre froh, wenn es überhaupt so weit käme. Denn die Großmacht ist fußballerisch eher ein Leichtgewicht. Russland verlor bei den Play-offs 2010 gegen Slowenien und scheiterte in der Vorrunde zur EM 2012. Aber auf dem Weg nach Brasilien erkämpfte es sich mit einem Punkt Vorsprung vor Portugal Platz 1 in Gruppe F – dank der Topleistung von Torhüter Igor Akinfejew und Torjäger Alexander Kerschakow.

FACTS

Gegründet: 1912 (Russland), 1946 (Sowjetunion), 1991 (Russland)

Bekanntes Stadion: Luschniki, Moskau

Spitzname: Sbornaja – die Auswahl

Endrundenqualifikation: Erster der UEFA-Gruppe F

FIFA Weltrangliste: 22

FIFA WM-Endrunden-teilnahmen: 9

WM-Titel: keine

Spitzenspieler: Igor Akinfejew, Sergei Ignaschewitsch, Alexander Kerschakow

Trainer: Fabio Capello

Igor Akinfejew war schon als 17-Jähriger Torhüter in der Liga, und mit 18 hatte er sein Debüt in der Nationalmannschaft.

Stürmer Alexander Kerschakow glänzte bereits bei der FIFA Fußball-WM Korea/Japan 2002.

Hot Spot

Zwischen 1954 und 1967 stand Lev Jaschin 94 Mal für die Sowjetunion im Tor. Bis heute ist er der einzige Torwart, der als Europas Fußballer des Jahres mit dem Ballon d'Or geehrt wurde.

Russland, das Gastgeberland 2018, will in Brasilien den Grundstein für weitere Erfolge legen.

Republik Korea

Olympisch motiviert

FACTS

Gegründet: 1928

Bekanntes Stadion: Seoul World Cup Stadium, Seoul

Spitzname: Taegeuk Warriors

Endrundenqualifikation: Viertrundenzweiter der AFC-Gruppe A

FIFA Weltrangliste: 54

FIFA WM-Endrundenteilnahmen: 8

WM-Titel: keine

Spitzenspieler: Lee Jung-soo, Lee Chung-yong, Park Chu-young

Trainer: Hong Myung-bo

Gruppe H

Hong Myung-bo steht im koreanischen Fußball für Beständigkeit. Bei der FIFA Fußball-WM 2002 im eigenen Land war er Kapitän der Nationalelf, danach wurde er Trainer der Jugendnationalelf und später der Olympiamannschaft. Als Nationalcoach kann er auf eine junge Mannschaft zählen, die bei den Olympischen Spielen 2012 in London die Bronzemedaille holte. Herausragende Talente sind Innenverteidiger Hong Jeong-ho und Kapitän Koo Ja-cheol, der bei Mainz 05 spielt und beim Asien-Cup 2011 Torschützenkönig wurde. Seine Torgefährlichkeit bewies er auch in London, wo er im Spiel um die Bronzemedaille eines der Siegtore gegen Japan schoss.

Hot Spot

Unter dem holländischen Coach Guus Hidding erreichte die Republik Korea als erste asiatische Mannschaft in der Fußballgeschichte das Halbfinale einer FIFA Fußball-Weltmeisterschaft – und zwar im Jahr 2002, als das Land gemeinsam mit Japan die WM ausrichtete.

Park Chu-young holte mit seinem Team bei den Olympischen Spielen 2012 in London die Bronzemedaille.

Die Republik Korea kam 2002 bis ins Halbfinale. Sollte das 2014 auch gelingen, wäre es eine echte Sensation.

Lee Chung-yong wurde bei der FIFA Fußball-WM 2010 als einer der aufsteigenden Stars gefeiert.

Topspieler:

MARIO **BALOTELLI**

Land: Italien
Verein: AC Mailand, Italien
Position: Stürmer
Geburtsdatum: 12. August 1990
Einsätze: 29
Tore: 12

Spielweise und Stärken: starker Stürmer, der wegen seiner Angriffsstärke und Schusskraft bei Gegnern in und außerhalb Italiens gefürchtet ist. Bei Freistößen in Tornähe immer gefährlich.

Tore und Erfolge: „Super Mario" verschaffte sich einen grandiosen Auftritt, als er im EM-Halbfinale 2012 gegen Deutschland zwei Tore schoss. Danach erzielte er beim FIFA Confederations Cup gegen Mexiko das Siegtor.

Besonderes: Der Sohn ghanaischer Einwanderer sorgte während seiner Vereinskarriere bei Inter Mailand, Manchester City und dem AC Mailand auf und außerhalb des Spielfelds des Öfteren für Aufsehen.

LIONEL **MESSI**

Land: Argentinien
Verein: FC Barcelona, Spanien
Position: Stürmer
Geburtsdatum: 24. Juni 1987
Einsätze: 83
Tore: 37

Spielweise und Stärken: Der Ball scheint an Messis Fuß zu kleben. Vorzugsweise marschiert er über rechts und flankt dann äußerst geschickt zu Mitspielern oder hebelt die Abwehr im Alleingang aus.

Tore und Erfolge: Mit 25 Jahren feierte er als jüngster Spieler seinen 200. Treffer in der spanischen Liga. Damals war Messi bereits Barcelonas absoluter Torschützenkönig bei Pflichtspielen.

Besonderes: Bei der U-20 FIFA Fußball-WM 2005 holte er seinen ersten WM-Titel, 2008 folgte olympisches Gold. Er war 4 Mal FIFA Weltfußballer des Jahres, 2 Mal Klub-Weltmeister und gewann außerdem 3 Mal die Champions League.

Stürmer

NEYMAR

Land: Brasilien
Verein: FC Barcelona, Spanien
Position: Stürmer
Geburtsdatum: 5. Februar 1992
Einsätze: 46
Tore: 27

Spielweise und Stärken: Seine Schnelligkeit, geniale Ballkontrolle und Schusskraft verhalfen dem FC Santos, Pelés früherem Verein, zum Südamerika-Meister-Pokal. Die FIFA zeichnete ihn zudem für das Tor des Jahres aus.

Tore und Erfolge: 2010 schoss er als 18-Jähriger 42 Tore in 60 Spielen. Er war 2 Mal Südamerikas Fußballer des Jahres, bevor er 2013 für 58 Mio. Euro Ablöse zum FC Barcelona wechselte.

Besonderes: Santos holte mit ihm erstmals nach fast 50 Jahren wieder den südamerikanischen „Champions League"-Titel, und beim FIFA Confed Cup 2013 schoss er in jedem Spiel ein Tor inklusive des zweiten Treffers gegen Spanien.

CRISTIANO RONALDO

Land: Portugal
Verein: Real Madrid, Spanien
Position: Stürmer
Geburtsdatum: 5. Februar 1985
Einsätze: 109
Tore: 47

Spielweise und Stärken: Als Jugendlicher spielte er auf dem rechten Flügel, perfektionierte sein Talent, bis er zum torgefährlichsten Allroundspieler weltweit wurde. Er hat links wie rechts einen knallharten Schuss.

Tore und Erfolge: Ausnahmestürmer Ronaldo schoss im Alleingang alle vier Tore einschließlich des Auswärts-Hattricks in den Play-offs zur FIFA Fußball-WM 2014, wo Portugal gegen Zlatan Ibrahimovićs Schweden gewann.

Besonderes: Seit Ronaldo 2009 für die Rekordablöse von 94 Mio. Euro zu Real Madrid ging, sorgte sein unersättlicher Torhunger dafür, dass er die legendären Leistungen von Alfredo Di Stéfano oder Ferenc Puskás übertraf. FIFA Weltfußballer des Jahres 2013.

Topspieler:

WAYNE ROONEY

Land:	England
Verein:	Manchester United, England
Position:	Stürmer
Geburtsdatum:	24. Oktober 1985
Einsätze:	88
Tore:	38

Spielweise und Stärken: In Bestform ist Rooney beim Angriff kaum zu stoppen und drängt mit Tempo in den Strafraum. Er pflegt ein offensives, aggressives Spiel und sucht stets den direkten Weg zum Tor.

Tore und Erfolge: Rooney war United 31 Mio. Euro wert. Er holte alle wichtigen nationalen und internationalen Titel auf Vereinsebene. Mit über 200 Treffern ist er viertbester Torjäger bei United.

Besonderes: Bei seinem Debüt 2003 in der Nationalelf war Rooney der jüngste Spieler, der je für England zum Einsatz kam. Bis heute hält er den Rekord als jüngster Torschütze (mit 17 Jahren) im englischen Kader.

THOMAS MÜLLER

Land:	Deutschland
Verein:	Bayern München, Deutschland
Position:	Stürmer
Geburtsdatum:	13. September 1989
Einsätze:	47
Tore:	16

Spielweise und Stärken: Pfeilschnell im Angriff zersprengte er die gegnerische Abwehr bei der letzten FIFA Fußball-WM, vorzugsweise über den rechten Flügel, und schaffte es häufig, unbemerkt in den Strafraum vorzudringen.

Tore und Erfolge: Müllers beste Saison war 2012/13, als er 23 Tore für den FC Bayern schoss und Anteil hatte, dass der Verein Deutscher Meister, Champions-League-, DFB-Pokal- und DFL-Supercup-Sieger wurde.

Besonderes: In seiner ersten Saison als Nationalspieler glänzte er bei der FIFA Fußball-WM 2010, wo Deutschland Dritter wurde. In 6 Einsätzen war er mit 5 Treffern Rekordtorschütze und bereitete zudem 3 Tore vor.

Stürmer

LUIS **SUARεZ**

Land:	Uruguay
Verein:	FC Liverpool, England
Position:	Stürmer
Geburtsdatum:	24. Januar 1987
Einsätze:	76
Tore:	39

Spielweise und Stärken: Suárez brilliert mit höchst präziser Ballkontrolle und blitzschnellen Antritten, getrieben von der felsenfesten Überzeugung, den Ball bei jedem Angriff ins Tor zu zimmern.

Tore und Erfolge: In den vier Jahren bei Ajax schoss er über 100 Tore in den Pflichtspielen, bevor er zu Liverpool wechselte. Mit 39 Toren ist der 27-Jährige bereits Uruguays erfolgreichster Torjäger.

Besonderes: Bei der FIFA Fußball-WM 2010 hatte er großen Anteil am Erfolg Uruguays, wegen eines Handspiels im Viertelfinale gegen Ghana musste er aber im Halbfinale gegen die Niederlande aussetzen.

RADAMEL **FALCAO**

Land:	Kolumbien
Verein:	AS Monaco, Frankreich
Position:	Stürmer
Geburtsdatum:	10. Februar 1986
Einsätze:	51
Tore:	20

Spielweise und Stärken: Falcao ist unglaublich schnell und verfügt über ein außergewöhnliches Ballgefühl. Er agiert selbstlos, ist absolut verlässlich im Teamspiel und zudem extrem laufstark.

Tore und Erfolge: „El Tigre" erzielte über 100 Tore in seinen ersten 3 Spielzeiten in Europa, darunter einen lupenreinen Hattrick gegen Chelsea, als Atlético Madrid 2012 den UEFA Super Cup gewann.

Besonderes: Falcao stellte 2010/11 einen Rekord auf, als er in der Europa League 17 Mal traf. Porto wurde in dieser Saison ungeschlagen Triple-Sieger und krönte dies mit einem Erfolg in der Europa League.

Topspieler:

JAVIER
MASCHERANO

Land:	Argentinien
Verein:	FC Barcelona, Spanien
Position:	Mittelfeld
Geburtsdatum:	8. Juni 1984
Einsätze:	95
Tore:	2

Spielweise und Stärken: Mascherano überzeugt gleichermaßen als Mittelfeldabräumer wie auch in der Innenverteidigung. Seinem Ruf als Anker der Mannschaft wird er auf der Bühne des Weltfußballs absolut gerecht.

Tore und Erfolge: Er erzielte bisher nur 2 Tore in Länderspielen, beide 2007 beim Copa América gegen Paraguay und Peru. Doch holte er mit seinen Vereinen Meistertitel in Argentinien, Brasilien und Spanien.

Besonderes: Als Mascherano in Peking 2008 olympisches Gold gewann, war er der erste Fußballer seit 1928, der 2 Mal hintereinander Olympiasieger im Fußball wurde.

PAULINHO

Land:	Brasilien
Verein:	Tottenham Hotspur, England
Position:	Mittelfeld
Geburtsdatum:	25. Juli 1988
Einsätze:	24
Tore:	5

Spielweise und Stärken: Paulinho eroberte die Herzen der Fans beim FIFA Confed Cup 2013, als er im Offensivspiel überzeugte, zugleich aber die Verteidigung unterstützte. Zudem bewies er seine Kopfballstärke.

Tore und Erfolge: Er schoss im Halbfinale des FIFA Confed Cups das entscheidende Siegtor gegen Uruguay. Am Ende wurde er zum drittbesten Spieler des Turniers gewählt.

Besonderes: Er spielte in Litauen und Polen, kehrte aber nach Brasilien zu den Corinthians zurück und gewann mit ihnen den Copa Libertadores und die FIFA Klub-WM. Nun wechselte er zu Tottenham.

Mittelfeldspieler

STEVEN **GERRARD**

Land: England
Verein: FC Liverpool, England
Position: Mittelfeld
Geburtsdatum: 30. Mai 1980
Einsätze: 108
Tore: 21

Spielweise und Stärken: Während Gerrard als junger Spieler so manches Derby im Alleingang rettete, setzt er heute seine Erfahrung und sein Know-how kontrolliert über die gesamte Spielzeit ein.

Tore und Erfolge: Als einziger Spieler hat Gerrard in Endspielen des FA Cups, Ligapokals, UEFA Cups und der Champions League Tore erzielt, besonders erwähnenswert sein Tor 2005 gegen Mailand.

Besonderes: „Stevie G." ist seit 2003 Kapitän von Liverpool und seit der EM 2012 auch der englischen Auswahl. Zinédine Zidane bezeichnete ihn einmal als weltbesten Allrounder im Fußball.

MESUT **ÖZIL**

Land: Deutschland
Verein: FC Arsenal, England
Position: Mittelfeld
Geburtsdatum: 15. Oktober 1988
Einsätze: 52
Tore: 17

Spielweise und Stärken: Er verkörpert das Idealbild des modernen Fußballers: ist zum Teamplay fähig, dirigiert aus dem Zentrum des Spielfelds, glänzt als Torvorbereiter oder schießt im entscheidenden Moment selbst.

Tore und Erfolge: 2013 war Özil erfolgreichster Vorlagengeber bei wichtigen europäischen und nationalen Wettbewerben. Bereits bei der FIFA Fußball-WM 2010 und der EM 2012 bereitete er viele Treffer vor.

Besonderes: Sein Transfer 2013 von Real Madrid zu Arsenal für 50 Mio. Euro machte Özil zu Arsenals teuerstem Fußballer und zugleich zum teuersten deutschen Spieler.

Topspieler:

ANDREA
PIRLO

Land:	Italien
Verein:	Juventus Turin, Italien
Position:	Mittelfeld
Geburtsdatum:	19. Mai 1979
Einsätze:	107
Tore:	13

Spielweise und Stärken: Pirlo ist Mitte 30 und teilt seine Kräfte im Spiel optimal ein. Sein Fuß zieht die Bälle wie ein Magnet an, die er dann mit zentimetergenauen Pässen verteilt. Beim Elfmeterschießen täuscht er genial.

Tore und Erfolge: Er spielte für Italien in allen Jugendaltersklassen und debütierte 2002 in der A-Nationalelf. Beim Triumph der Italiener bei der FIFA Fußball-WM 2006 gab er die meisten Vorlagen. Er gewann 13 bedeutende Titel auf Vereinsebene.

Besonderes: Meistertrainer Carlo Ancelotti beschrieb ihn einmal als den besten Spieler, mit dem er je zusammengearbeitet habe. Seine italienischen Teamkollegen nennen ihn „Architekt“, weil er so viele Tore vorbereitet.

FRANCK
RIBERY

Land:	Frankreich
Verein:	Bayern München, Deutschland
Position:	Mittelfeld
Geburtsdatum:	7. April 1983
Einsätze:	80
Tore:	16

Spielweise und Stärken: Gerne spielt er mit seinen raumgreifenden Angriffen über den Flügel die Verteidigung aus. Einige Trainer wollten ihn wegen seiner hervorragenden Spielübersicht als Spielmacher einsetzen.

Tore und Erfolge: Als Nationalspieler hat er 20 Vorlagen und 16 Tore für „Les Bleus“ beigesteuert. Bei der FIFA Fußball-WM 2006 trumpfte Ribéry gegen Spanien erstmals mit einem Länderspieltor auf.

Besonderes: Ribéry wurde 2013 zu Europas Fußballer des Jahres gewählt, nachdem er mit Bayern München das Triple aus Meistertitel, DFB-Pokal und Champions League gewonnen hatte.

Mittelfeldspieler

ANDRES
INIESTA

Land:	Spanien
Verein:	FC Barcelona, Spanien
Position:	Mittelfeld
Geburtsdatum:	11. Mai 1984
Einsätze:	94
Tore:	11

Spielweise und Stärken: Seine Gegner wissen, wie brillant und blitzschnell Iniesta die Pässe spielt, und doch gelingt es ihm immer wieder, Raum zu gewinnen und einen torgefährlichen Angriff zu initiieren.

Tore und Erfolge: In der Regel bereitet Iniesta die Tore vor und schießt nicht selbst, Fußballgeschichte schrieb er trotzdem: Er erzielte in letzter Minute im Finale der FIFA Fußball-WM 2010 das Siegtor gegen die Niederlande.

Besonderes: Iniesta war maßgeblich an Spaniens Titel-Triple von 2008 bis 2012 beteiligt. Und er spielte in der Mannschaft Barcelonas, die im Kalenderjahr 2009 sensationell alle 6 möglichen Trophäen holte.

YAYA
TOURE

Land:	Elfenbeinküste
Verein:	Manchester City, England
Position:	Mittelfeld
Geburtsdatum:	13. Mai 1983
Einsätze:	82
Tore:	16

Spielweise und Stärken: Yaya Touré ist ein exzellenter, überaus talentierter Spieler mit einer enormen Schusskraft. Dank seiner hohen Spielintelligenz stellt er sich blitzschnell auf die jeweilige Spielsituation ein.

Tore und Erfolge: Als Innenverteidiger gewann er mit Barcelona 2009 die Champions League. Im Halbfinale und Finale des FA Cups 2011 schoss er aus Manchester Citys Mittelfeld heraus die Siegtore.

Besonderes: Er war 3 Mal hintereinander Afrikas Fußballer des Jahres, und 2013 wählte ihn die BBC zum besten afrikanischen Spieler des Jahres, wofür er schon fünf Mal nominiert war.

Topspieler:

PHILIPP
LAHM

VINCENT
KOMPANY

Land:	Deutschland
Verein:	Bayern München, Deutschland
Position:	Verteidiger
Geburtsdatum:	11. November 1983
Einsätze:	104
Tore:	5

Spielweise und Stärken: Lahm machte sich als Außenverteidiger einen Namen, bewies aber, dass er – wie Paul Breitner früher bei Bayern und der DFB-Elf – hervorragend aufrücken kann.

Tore und Erfolge: Seine Freistöße und Distanzschüsse sind stets gefährlich. Lahm erzielte den ersten Treffer für Deutschland beim 4:2-Sieg über Costa Rica im Eröffnungsspiel der FIFA Fußball-WM 2006.

Besonderes: Seine konstant starke Leistung wurde honoriert durch die Wahl ins All-Star-Team der FIFA Fußball-WMs 2006 und 2010, der EMs 2008 und 2012. Er schaffte es auch 4 Mal ins UEFA Team des Jahres.

Land:	Belgien
Verein:	Manchester City, England
Position:	Verteidiger
Geburtsdatum:	10. April 1986
Einsätze:	56
Tore:	4

Spielweise und Stärken: Kompany spielte als Außenverteidiger und defensiver Mittelfeldspieler, bevor er sich als Innenverteidiger etablierte, wo er nun sein Talent als Spielmacher bestens einsetzen kann.

Tore und Erfolge: Die Entdeckung vom RSC Anderlecht war einer der jüngsten Nationalspieler Belgiens. Mit 17 Jahren debütierte er im Februar 2004 beim Spiel gegen Frankreich in der belgischen Nationalelf.

Besonderes: Kompany wurde zur Saison 2011/12 neuer Kapitän bei Manchester City. In dieser Spielzeit krönte sich der Verein zum Meister in der englischen Premier League – der erste Titel seit 44 Jahren.

Verteidiger

THIAGO **SILVA**

Land: Brasilien
Verein: Paris Saint-Germain, Frankreich
Position: Verteidiger
Geburtsdatum: 22. September 1984
Einsätze: 44
Tore: 2

Spielweise und Stärken: Thiago Silva stellte seine Führungsstärke in Verein und Nationalelf sowohl auf dem Spielfeld als auch außerhalb unter Beweis. Er ist der Fels der Innenverteidigung bei Brasilien und PSG.

Tore und Erfolge: Mit dem AC Mailand und Paris SG holte er jeweils den Meistertitel. Er war Kapitän der brasilianischen Nationalelf beim Sieg im Confederations Cup, der ein Jahr vor der FIFA Fußball-WM stattfand.

Besonderes: Ein Triumph bei der FIFA Fußball-WM im Juli würde die bittere Enttäuschung Silvas über „nur" Olympia-Bronze 2008 und die Silbermedaille 2012 wieder wettmachen.

SERGIO **RAMOS**

Land: Spanien
Verein: Real Madrid, Spanien
Position: Verteidiger
Geburtsdatum: 30. März 1986
Einsätze: 115
Tore: 9

Spielweise und Stärken: Sergio Ramos bringt Erfahrung aus mehr als 100 Länderspielen mit. Er weiß, wie wichtig präzises Timing in der Verteidigung ist, und hat gelernt, sein Temperament zu zügeln.

Tore und Erfolge: 2013 absolvierte Ramos mit 26 Jahren als jüngster europäischer Spieler sein 100. Länderspiel. Er schoss dabei sein erstes Tor beim 1:1 gegen Finnland in der FIFA WM-Qualifikation.

Besonderes: Er gehörte dem erfolgreichen spanischen Kader an, der Spanien zum sensationellen Dreifach-Titelgewinn bei der FIFA Fußball-WM 2010 sowie der EM 2008 und der EM 2012 führte.

Topspieler:

GIANLUIGI
BUFFON

Land: Italien
Verein: Juventus Turin, Italien
Position: Torhüter
Geburtsdatum: 28. Januar 1978
Einsätze: 138

Spielweise und Stärken: Buffon stand bereits öfter im Tor als der grandiose Dino Zoff. Dank seines ausgezeichneten Reaktionsvermögens und der ruhigen Art erwies er sich für sein Team als äußerst wertvoll.

Tore und Erfolge: Einer der wichtigsten Elfmeter, die Buffon je hielt, war der des Engländers Ashley Cole, als sich Italien im Elfmeterschießen auf dem Weg zum Finale der Fußball-EM 2012 durchsetzte.

Besonderes: Buffon wechselte für die Rekordsumme von 51 Mio. Euro zu Juventus. Er ist Rekordnationalspieler der „Azzurri" und bekam nach Italiens FIFA Fußball-WM-Sieg 2006 die Lew-Jaschin-Trophäe.

IKER
CASILLAS

Land: Spanien
Verein: Real Madrid, Spanien
Position: Torhüter
Geburtsdatum: 20. Mai 1981
Einsätze: 152

Spielweise und Stärken: Casillas ist reaktionsschnell und wehrt sicher ab. Durch seine „moderne" Spielweise als mitspielender Torwart und Kapitän zugleich hat er die Rolle des Torhüters stark verändert.

Tore und Erfolge: Er spielte die gesamten 24 Jahre seiner Fußballkarriere bei Real Madrid und war von der U-15 an in allen spanischen Nationalmannschaften. Dabei gewann er mit dem Verein und der Nationalelf 19 Pokale.

Besonderes: Casillas ist der einzige Spieler, der als Kapitän und Torhüter mit seiner Nationalmannschaft den FIFA Fußball-WM-Titel sowie 2 EM-Titel feierte. Das ist einmaliger Rekord.

Torhüter

MANUEL
NEUER

Land: Deutschland
Verein: Bayern München, Deutschland
Position: Torhüter
Geburtsdatum: 27. März 1986
Einsätze: 44

Spielweise und Stärken: Neuer legt die Messlatte für die aktuelle Torhütergeneration hoch. Er überzeugt durch Kommunikation mit der Defensive, gute Beinarbeit und strategisch perfekte Ballverteilung.

Tore und Erfolge: Bereits in seiner 2. Spielzeit mit dem FC Bayern gewann er die Champions League. Damit steht er auf einer Stufe mit Torhüterlegenden wie Sepp Maier und Oliver Kahn.

Besonderes: Bei der FIFA Fußball-WM 2010 im Spiel gegen England reagierte Neuer geistesgegenwärtig und spielte weiter, nachdem der Ball nach Frank Lampards „Phantomtor" zurück aufs Spielfeld geprallt war.

HUGO
LLORIS

Land: Frankreich
Verein: Tottenham Hotspur, England
Position: Torhüter
Geburtsdatum: 26. Dezember 1986
Einsätze: 54

Spielweise und Stärken: Lloris' Fähigkeiten, seinen Kasten sauber zu halten, gehen weit über das übliche Maß hinaus. Er reagiert blitzartig, löst sich schnell vom Tor und zeigt sich auch bei heranstürmenden Torjägern unerschrocken.

Tore und Erfolge: Die Medien gaben ihm nach seinen glänzenden Paraden im Play-off gegen Irland, wo sich Frankreich die Teilnahme an der FIFA Fußball-WM 2010 sicherte, den Spitznamen „Heiliger Lloris".

Besonderes: Als einer der wenigen Spieler gewann er trotz des Ausscheidens von „Les Bleus" in der Vorrunde der FIFA Fußball-WM 2010 an Ansehen und wurde danach zum Kapitän der Nationalelf ernannt.

Bilderrätsel –

FIFA Fussball-Weltmeisterschaft™

Es heißt: „Bilder sagen mehr als Worte.“ Weißt du, wer die Personen und Mannschaften auf diesen Seiten sind?

KAPITÄNE VON WELTKLASSE

Wer sind diese vier Mannschaftskapitäne und für welche Länder spielen sie?

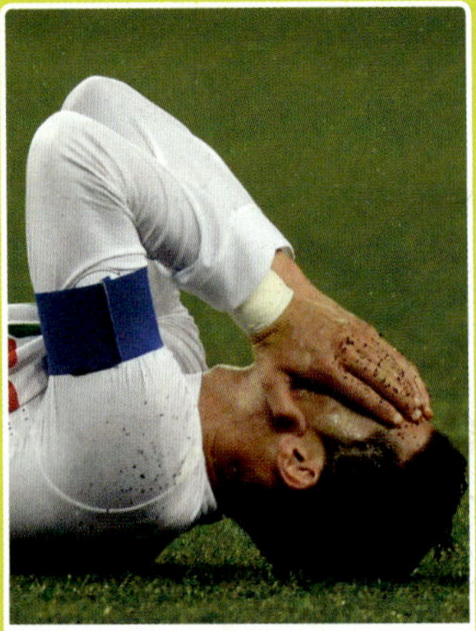

A

B

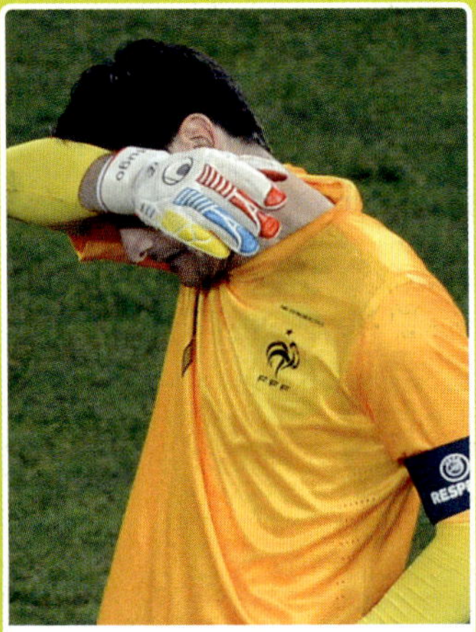

C

D

IM FUSSBALLFIEBER

Bestimmt kennst du diese vier Trainer, die hier am Spielfeldrand ihren Emotionen freien Lauf lassen. Mit welchen Ländern wollen sie bei der FIFA Fußball-WM 2014 den Pokal holen?

A

B

C

D

HURRA! WIR HABEN ES GESCHAFFT!

Welche Mannschaften freuen sich hier, dass sie sich für die FIFA Fußball-WM 2014 in Brasilien qualifiziert haben – und gegen wen setzten sie sich in den Play-offs durch?

A

B

C

D

WER GEWANN DEN POKAL?

Weißt du, wer die jubelnden Gewinner sind? Und in welchem Jahr und wo die jeweilige FIFA Fußball-Weltmeisterschaft stattfand?

A

B

C

D

Auflösung von Seite 60/61: Wissensquiz zur FIFA Fussball-Weltmeisterschaft™

GESCHICHTE: 1. Mário Zagallo, Brasilien; **2.** Estadio Centenario; **3.** 1982; **4.** Antonio Carbajal, Mexiko; **5.** Pickles; **6.** Belo Horizonte; **7.** Brasilien; **8.** Russland; **9.** Carlos Alberto Parreira (1982, 1990, 1994, 1998, 2006, 2010); **10.** Er schoss 1930 im Spiel gegen Mexiko das allererste Tor bei einer Fußball-WM. **GEWINNER: 1.** Jorge Burruchaga; **2.** Andrés Iniesta; **3.** 17 Jahre; **4.** Diego Forlán, Uruguay; **5.** Einer = Diego Maradona; **6.** BRD, 1974; **7.** Alcides Ghiggia; **8.** 25 Spiele; **9.** Brasilien; **10.** Vittorio Pozzo – Italien, 1934 und 1938. **LÄNDER: 1.** Kolumbien; **2.** Neuseeland – drei Spiele; **3.** 1950; **4.** Südafrika – 2010; **5.** Die Niederlande – 1974, 1978, 2010; **6.** 1958; **7.** Schottland; **8.** Ungarn – 1954; **9.** Sie ließ während der regulären Spielzeit kein Gegentor zu, verlor das Achtelfinale dann im Elfmeterschießen mit 0:3 gegen die Ukraine; **10.** Drei, nämlich 1990, 1998 und 2006. **TORE: 1.** Geoff Hurst, 1966 für England im Spiel gegen die BRD; **2.** Ernie Brandts, beim 2:1-Sieg der Niederlande gegen Italien 1978; **3.** Bert Patenaude für die USA im Spiel gegen Paraguay 1930; **4.** 13; **5.** 15; **6.** Gabriel Batistuta; **7.** Oleg Salenko, gegen Kamerun 1994; **8.** Pelé; **9.** Es ist das einzige, direkt nach einer Ecke verwandelte Tor; **10.** Roger Milla, Kamerun. **VERSCHIEDENES: 1.** Jack Taylor; **2.** Placido Galindo, Peru, im Spiel gegen Rumänien 1930; **3.** Rigobert Song; **4.** Pedro Monzon, Argentinien, im Spiel gegen Deuschland 1990; **5.** Mexiko; **6.** Roberto Baggio; **7.** 2006; **8.** Michel Preud'homme, Belgien; **9.** Norman Whiteside, Nordirland; **10.** 1994.

Wissensquiz

zur FIFA Fussball-Weltmeisterschaft™

Und, bist du ein Experte in Sachen FIFA Fußball-Weltmeisterschaften? Dann teste gleich mal dein Wissen bei diesem Fußball-Quiz! Die Antworten findest du auf Seite 59. Aber nicht schummeln – sonst gibt es die Rote Karte!

GESCHICHTE

1. Welcher Fußballer gewann als Erster die FIFA Fußball-WM sowohl als Spieler als auch als Trainer?
2. Wie heißt das Stadium in Uruguays Hauptstadt Montevideo, in dem die allererste FIFA Fußball-WM 1930 stattfand?
3. Bei welcher FIFA Fußball-WM gab es das erste Elfmeterschießen, vier Jahre nachdem dies bei Finale und Halbfinale möglich war?
4. Wer nahm als erster Fußballer an fünf FIFA Fußball-WMs teil?
5. Wie hieß der Hund, der den FIFA Fußball-WM-Pokal fand, der vor dem Turnier 1966 in England gestohlen worden war?
6. In welcher brasilianischen Stadt wurde während der FIFA Fußball-WM 1950 gespielt, als England völlig überraschend 0:1 gegen die USA verlor?
7. Welches ist das einzige Land, das bisher bei allen FIFA Fußball-WMs dabei war?
8. Welches Land wird 2018 Gastgeber der FIFA Fußball-WM sein?
9. Welcher Trainer betreute als Einziger bei sechs FIFA Fußball-WMs eine Mannschaft?
10. Wodurch schrieb der französische Fußballspieler Lucien Laurent bei der FIFA Fußball-WM Geschichte?

GEWINNER

1. Wer schoss das entscheidende Siegtor für Argentinien beim 3:2-Sieg gegen die BRD während der FIFA Fußball-Weltmeisterschaft 1986?
2. Wer erzielte in der Verlängerung Spaniens Siegtreffer gegen die Niederlande im Finale der FIFA Fußball-Weltmeisterschaft 2010?
3. Wie alt war Pelé, als er seine erste FIFA Fußball-WM 1958 gewann? Triumphe, die er 1962 und 1970 wiederholte.
4. Wer wurde mit dem „Goldenen Ball" zum besten Spieler der FIFA Fußball-WM 2010 geehrt?
5. Wie viele argentinische Spieler wurden nach dem WM-Triumph 1986 ins FIFA All-Star Team gewählt?
6. Welches Land gewann als Erstes den aktuellen FIFA WM-Pokal, der den vorherigen Jules-Rimet-Pokal ablöste?
7. Wer schoss im Endspiel Uruguay gegen Brasilien das entscheidende Tor und gewann damit die FIFA Fußball-WM 1950 im Maracanã-Stadion in Rio?
8. Wie viele Spiele bestritt Lothar Matthäus während FIFA Fußball-WMs einschließlich des Triumphes 1990 und stellte damit einen Weltrekord auf?
9. Welcher amtierende FIFA Fußball-Weltmeister musste sich – nach einer Regeländerung, wonach nur noch Gastgeber einer FIFA Fußball-WM automatisch qualifiziert sind – als Erster für die nächste WM-Teilnahme qualifizieren.
10. Wer hat als einziger Trainer zweimal den FIFA Fußball-WM-Titel geholt?

Auflösung von Seite 58/59: Bilderrätsel – FIFA Fussball-Weltmeisterschaft™

Kapitäne von Weltklasse: A) Cristiano Ronaldo, Portugal; **B)** Didier Drogba, Elfenbeinküste; **C)** Hugo Lloris, Frankreich; **D)** Antonio Valencia, Ecuador.

Im Fußballfieber: A) Vicente Del Bosque, Spanien; **B)** Fabio Capello, Russland; **C)** Luiz Felipe Scolari, Brasilien; **D)** Joachim Löw, Deutschland.

Hurra! Wir haben es geschafft! A) Nigeria schlug Äthiopien; **B)** Portugal schlug Schweden; **C)** Mexiko schlug Neuseeland; **D)** Frankreich schlug die Ukraine.

Wer gewann den Pokal? A) Italien – FIFA Fußball-WM Deutschland 2006; **B)** Spanien – FIFA Fußball-WM Südafrika 2010; **C)** Brasilien – FIFA Fußball-WM 2002 Korea/Japan; **D)** Frankreich – FIFA Fußball-WM Frankreich 1998.

LÄNDER

1. Welches Land sollte ursprünglich die FIFA Fußball-WM 1986 ausrichten, zog aber 1983 zurück und wurde durch Mexiko ersetzt?
2. Welche Mannschaft musste während der FIFA Fußball-WM 2010 keine einzige Niederlage einstecken?
3. Wann nahm England erstmals an einer FIFA Fußball-Weltmeisterschaft teil?
4. Welches war das erste Gastgeberland, das bereits in der Gruppenphase ausschied?
5. Welches Land erreichte als einziges drei Mal bei FIFA Fußball-WMs das Finale, schaffte es aber nicht, den WM-Titel zu holen?
6. Bei welcher FIFA Fußball-WM waren alle vier Länder des Britischen Königreichs, also England, Nordirland, Schottland und Wales, vertreten?
7. Welches Land qualifizierte sich mit acht Mal am häufigsten für eine FIFA Fußball-WM, kam aber nie über die Gruppenphase hinaus?
8. Welches Land erzielte bei einer FIFA Fußball-WM mit 27 Treffern die meisten Tore, gewann das Turnier aber nicht?
9. Was noch nie Dagewesenes widerfuhr der Schweizer Nationalelf bei der FIFA Fußball-WM 2006?
10. England verlor die meisten Elfmeterschießen bei FIFA Fußball-Weltmeisterschaften – wie viele?

TORE

1. Welcher Spieler erzielte als einziger im Endspiel einer FIFA Fußball-WM einen Hattrick?
2. Wer ist der einzige Spieler, der je in einem Spiel für beide Mannschaften ein Tor schoss?
3. Wer war der erste Spieler, der bei einer FIFA Fußball-WM einen Hattrick erzielte?
4. Wie viele Treffer erzielte der Gewinner des „Goldenen Schuhs", Just Fontaine aus Frankreich, 1958 bei der FIFA Fußball-WM und ist damit Torschützenkönig?
5. Wie viele Tore schoss der brasilianische Stürmer Ronaldo bei FIFA Fußball-Weltmeisterschaften und ist damit Rekordtorschütze?
6. Welcher argentinische Torjäger schoss als einziger Spieler bei zwei verschiedenen FIFA Fußball-Weltmeisterschaften einen Hattrick?
7. Welcher russische Stürmer erzielte als einziger in einem einzigen FIFA Fußball-WM-Spiel fünf Tore?
8. Wer ist der jüngste Spieler, der bei einer FIFA Fußball-WM einen Hattrick erzielte?
9. Marcos Colls Tor für Kolumbien gegen die UdSSR 1962 ist einzigartig in der Geschichte der FIFA Fußball-WM. Warum?
10. Wer ist ältester Spieler und zugleich ältester Torschütze bei FIFA Fußball-Weltmeisterschaften?

VERSCHIEDENES

1. Wie hieß der englische Schiedsrichter, der im FIFA Fußball-WM-Finale 1974 bereits in der ersten Spielminute den ersten Elfmeter für die Niederlande gegen Deutschland pfiff?
2. Wer war der erste Spieler, der bei einer FIFA Fußball-WM einen Platzverweis erhielt?
3. Zinédine Zidane ist einer von nur zwei Spielern, die je zwei Mal bei FIFA Fußball-WMs vom Platz geschickt wurden. Wer ist der andere Spieler?
4. Wer war der erste Spieler, der in einem Endspiel der FIFA Fußball-Weltmeisterschaft die Rote Karte bekam?
5. Welches Land hat bei FIFA Fußball-WMs die meisten Eigentore, nämlich drei, geschossen?
6. Wer verschoss den letzten Elfmeter, als Italien bei der FIFA Fußball-WM 1994 gegen Brasilien im Finale verlor?
7. Welches Jahr ist das einzige, in dem es keinen Hattrick bei einer FIFA Fußball-Weltmeisterschaft gab?
8. Wer war der erste Fußballer, der die Lew-Jaschin-Trophäe als bester Torhüter bekam, die seit der FIFA Fußball-WM 1994 verliehen wird?
9. Wer hält mit 17 Jahren und 41 Tagen den Rekord als jüngster Spieler bei einer FIFA Fußball-WM, als er 1982 erstmals am Turnier teilnahm?
10. Welche FIFA Fußball-WM hält den Zuschauerrekord mit dem höchsten Schnitt von 68 991 Besuchern pro Spiel?

FIFA Fussball-Weltmeisterschaft Brasilien 2014™

GRUPPE A

12. Juni, 22.00	Brasilien	3-1	Kroatien	São Paulo
13. Juni, 18.00	Mexiko	1-0	Kamerun	Natal
17. Juni, 21.00	Brasilien	0-0	Mexiko	Fortaleza
19. Juni, 00.00	Kamerun	0-4	Kroatien	Manaus
23. Juni, 22.00	Kamerun	1-4	Brasilien	Brasília
23. Juni, 22.00	Kroatien	1-3	Mexiko	Recife

Team		S	U	N	TD	Pkt.
Brasilien	1	2	1	0	7:2	7
Mexiko	2	2	1	0	4:1	7
Kroatien	3	1	0	2	6:7	3
Kamerun	4	0	0	3	1:8	0

GRUPPE B

13. Juni, 21.00	Spanien	1-5	Niederlande	Salvador
14. Juni, 00.00	Chile	3-1	Australien	Cuiabá
18. Juni, 18.00	Australien	2-3	Niederlande	Porto Alegre
18. Juni, 21.00	Spanien	0-2	Chile	Rio de Janeiro
23. Juni, 18.00	Australien	0-3	Spanien	Curitiba
23. Juni, 18.00	Niederlande	2-0	Chile	São Paulo

Team		S	U	N	TD	Pkt.
Niederlande	1	3	0	0	10:3	9
Chile	2	2	0	1	5:1	6
Spanien	3	1	0	2	4:7	3
Australien	4	0	0	3	3:9	0

GRUPPE C

14. Juni, 18.00	Kolumbien	3-0	Griechenland	Belo Horizonte
15. Juni, 03.00	Elfenbeinküste	2-1	Japan	Recife
19. Juni, 18.00	Kolumbien	2-1	Elfenbeinküste	Brasília
20. Juni, 00.00	Japan	0-0	Griechenland	Natal
24. Juni, 22.00	Japan	1-4	Kolumbien	Cuiabá
24. Juni, 22.00	Griechenland	2-1	Elfenbeinküste	Fortaleza

Team		S	U	N	TD	Pkt.
Kolumbien	1	3	0	0	9:2	9
Griechenland	2	1	1	1	2:4	4
Elfenbeinküste	3	1	0	2	4:5	3
Japan	4	0	1	2	2:6	1

GRUPPE D

14. Juni, 21.00	Uruguay	1-3	Costa Rica	Fortaleza
15. Juni, 00.00	England	1-2	Italien	Manaus
19. Juni, 21.00	Uruguay	2-1	England	São Paulo
20. Juni, 18.00	Italien	0-1	Costa Rica	Recife
24. Juni, 18.00	Italien	0-1	Uruguay	Natal
24. Juni, 18.00	Costa Rica	0-0	England	Belo Horizonte

Team		S	U	N	TD	Pkt.
Costa Rica	1	2	1	0	4:1	7
Uruguay	2	2	0	1	4:4	6
Italien	3	1	0	2	2:3	3
England	4	0	1	2	2:4	1

GRUPPE E

15. Juni, 18.00	Schweiz	2-1	Ecuador	Brasília
15. Juni, 21.00	Frankreich	3-0	Honduras	Porto Alegre
20. Juni, 21.00	Schweiz	2-5	Frankreich	Salvador da Bahia
21. Juni, 00.00	Honduras	1-2	Ecuador	Curitiba
25. Juni, 22.00	Honduras	0-3	Schweiz	Manaus
25. Juni, 22.00	Ecuador	0-0	Frankreich	Rio de Janeiro

Team		S	U	N	TD	Pkt.
Frankreich	1	2	1	0	8:2	7
Schweiz	2	2	0	1	7:6	6
Ecuador	3	1	1	1	3:3	4
Honduras	4	0	0	3	1:8	0

GRUPPE F

16. Juni, 00.00	Argentinien	2-1	Bosnien-Herz.	Rio de Janeiro
16. Juni, 21.00	Iran	0-0	Nigeria	Curitiba
21. Juni, 18.00	Argentinien	1-0	Iran	Belo Horizonte
22. Juni, 00.00	Nigeria	1-0	Bosnien-Herz.	Cuiabá
25. Juni, 18.00	Nigeria	2-3	Argentinien	Porto Alegre
25. Juni, 18.00	Bosnien-Herz.	3-1	Iran	Salvador da Bahia

Team		S	U	N	TD	Pkt.
Argentinien	1	3	0	0	6:3	9
Nigeria	2	1	1	1	3:3	4
Bosnien-Herz.	3	1	0	2	4:4	3
Iran	4	0	1	2	1:4	1